Sarah Jo Clark

Invisible Me

How To Survive Highschool

Sarah Jo Clark

Invisible Me

How To Survive Highschool

PIPER

Mehr über unsere Autorinnen, Autoren und Bücher:
www.piper.de

Wir produzieren nachhaltig
www.piper.de

Bei »Invisible Me – How To Survive Highschool« handelt es sich um eine bearbeitete Version des auf Wattpad.com von Sarissimo ab 2021 unter dem Titel »(In)Visible – How To Survive Senior High School« veröffentlichten Textes.
Wenn Ihnen dieser Roman gefallen hat, schreiben Sie uns unter Nennung des Titels »Invisible Me – How To Survive Highschool« an empfehlungen@piper.de, und wir empfehlen Ihnen gerne vergleichbare Bücher.

Triggerwarnung: Diese Geschichte enthält eine Szene, in der K.-o.-Tropfen verabreicht werden.

ISBN 978-3-492-50635-9

Redaktion: Larissa Bendl
Satz auf Grundlage eines CSS-Layouts
von digital publishing competence (München)
mit abavo vlow (Buchloe)
Covergestaltung: FAVORITBUERO, München
Covermotiv: Bilder unter Lizenzierung von Shutterstock.com genutzt
Vignette: freepik.com
Printed in Germany

Für meine Familie, die mich immer unterstützt.

Prolog

»Ich weiß Bescheid«, erklärte sie triumphierend und mein Versuch, sie genervt beiseitezuschieben, scheiterte kläglich. Stattdessen bildet sich ein breites Grinsen auf ihrem Gesicht.

»Ach ja?«, gab ich mit hochgezogener Augenbraue zurück und verschränkte abwartend die Arme vor der Brust. Es war nicht auszuschließen, dass sie die Unterhaltung tatsächlich belauscht hatte, aber mein Motto hatte schon immer Abstreiten, bis es nicht mehr geht *gelautet, und ich sah keinen Grund, nun etwas daran zu ändern.*

»Keine Sorge, ich schweige wie ein Grab«, erwiderte sie nur knapp und legte ihren Zeigefinger symbolisch über ihre Lippen. Zusätzlich unterstrich sie ihre Aussage mit einem verschwörerischen Augenzwinkern. Eigentlich hätte mich die Tatsache beunruhigen müssen, denn es war offensichtlich, dass man ihr nicht trauen konnte. Bisher hatte mich ihr hübsches Aussehen über gewisse Charaktereigenschaften hinwegsehen lassen, aber in letzter Zeit strapazierte sie immer häufiger meine Geduld.

»Mach dich nicht lächerlich, okay?«, antwortete ich so neutral wie möglich, denn ich würde ihr keinesfalls die Bestätigung geben, die sie hören wollte. Wenn sie tatsächlich alles mitangehört hatte, konnte mich das in ernsthafte Schwierigkeiten bringen, aber bisher war ich immer mit allem durchgekommen. Warum sollte sich das jetzt ändern?

Glücklicherweise konnte ich mich anschließend der Situation entziehen, indem ich sie vor meinem anstehenden Footballtraining nach Hause fuhr. Nachdem ich den Wagen vor dem elektrischen Sicherheitstor zum Stehen gebracht hatte, umschloss sie mein Gesicht mit ihren Händen und versuchte, mich näher an sich zu ziehen. Als ich meinen Kopf jedoch ablehnend in die entgegengesetzte Richtung drehte, verließ sie eingeschnappt das Fahrzeug und ließ die Autotür mit einem lauten Knall zuschlagen.

Sie erwartete, dass ich ihr hinterherlief – das, was sie gewohnt war. Aber sie vergaß, dass ich solche Spielchen lange nicht mehr mitspielte. Stattdessen startete ich erneut den Motor und lenkte meinen Wagen zurück auf die Straße, ohne sie eines weiteren Blickes zu würdigen.

»Wo warst du heute mit deinen Gedanken, Bro?«, meldete sich mein Kumpel Brian hinter mir, woraufhin ich ihn fragend im Rückspiegel fixierte. Das Footballtraining war mir an diesem Tag tatsächlich schwerer gefallen als üblich, aber trotzdem konnte ich zufrieden mit meiner Leistung sein.

»Coach Davis war kurz davor zu verzweifeln«, stimmte Cole lachend vom Beifahrersitz mit ein, was ich jedoch nur mit einem abschätzigen Kopfschütteln quittierte. Ich durfte auf keinen Fall zulassen, dass mich die ganze Angelegenheit zu sehr beschäftigte.

»Das heute waren mindestens achtundneunzig Prozent, beim nächsten Training bin ich wieder mit hundert Prozent dabei«, versprach ich den beiden und setzte ein siegessicheres Grinsen auf. Coach Davis war für seine cholerischen Ausbrüche bekannt, aber normalerweise bekamen ausschließlich die anderen Spieler seine Stimmungsschwankungen zu spüren.

»Ich dachte wirklich kurz, er bekommt wegen dir einen Herzinfarkt. Immerhin bist du doch sein Liebling.« Brian hatte sich zwischen den Sitzen nach vorne gebeugt und mir einen freundschaftlichen Boxschlag gegen den Oberarm verpasst, während er und Cole noch immer ausgelassen über Couch Davis' Ansage an mich lachten.

Nachdem ich beide abgesetzt hatte, fuhr ich noch eine Weile ziellos durch die Straßen von Richmond. Es musste doch mög-

lich sein, irgendwie den Kopf freizubekommen, oder? Die Tatsache, dass mein Smartphone ununterbrochen in der Trainingstasche vibrierte, gestaltete die Angelegenheit jedoch schwieriger als gedacht. Kurzerhand drehte ich die Musik lauter auf, um das Geräusch ignorieren zu können.

Mit fortschreitender Fahrzeit schaffte ich es dann, die ganze Angelegenheit wenigstens ein bisschen in den Hintergrund rücken zu lassen. Deutlich relaxter lenkte ich den Wagen schließlich auf den Parkplatz vor meinem Haus und verweilte dort noch einen Moment, bevor ich die Autotür öffnete und das Fahrzeug verließ.

Eilig umrundete ich den Wagen, um meine Sporttasche aus dem Kofferraum zu nehmen und anschließend die Stufen zu unserer Haustür hochzujoggen. Ich war vollkommen verschwitzt und trug noch immer die Trainingskleidung, da ich aufgrund der angespannten Stimmung auf eine Dusche in der Umkleide verzichtet hatte.

Ungeduldig steckte ich den Schlüssel in das Schloss und hoffte, dass mich niemand im Inneren erwartete. Als ich in den Flur trat, stellte ich erleichtert fest, tatsächlich alleine zu sein. Zielstrebig steuerte ich daraufhin das Badezimmer an und entledigte mich meiner Kleidung, um mich endlich frisch machen zu können.

Mit einer schnellen Handbewegung betätigte ich den Wasserhahn und platzierte mich unter dem großzügigen Wasserstrahl. Das kühle Wasser beruhigte meine beanspruchten Muskeln und ich schloss für einen Augenblick meine Augen.

»Es läuft alles nach Plan«, sprach ich leise zu mir selbst, während ich aus der Dusche stieg und mir ein Handtuch aus dem gegenüberliegenden Regal griff. Normalerweise gab es nichts, was mich aus der Bahn werfen konnte, aber die Tatsache, dass sie nun Bescheid wusste, stresste mich doch mehr, als ich mir eingestehen wollte.

Nur mit einem Handtuch bekleidet, begab ich mich in mein Zimmer, wo ich mir etwas überzog und mich anschließend er-

schöpft auf die Couch fallen ließ. Ich nutzte die Zeit, um endlich die Nachrichten auf meinem Telefon zu checken. Wie erwartet, waren etliche Nachrichten von ihr eingegangen, aber ich hatte wirklich keinen Bock, sofort zu antworten. Gestresst von ihrer penetranten Art, sperrte ich den Bildschirm und schmiss das Smartphone achtlos neben mich.

Anscheinend hatte sie sofort die blauen Haken bemerkt, welche ihr signalisierten, dass ihre Mitteilungen gelesen worden waren, denn es dauerte nicht lange, bis mein Handy erneut zu vibrieren begann.

»Ja?«, nahm ich schließlich das Telefonat entgegen und lauschte angestrengt ihren hysterischen Anschuldigungen. So konnte es definitiv nicht weitergehen und ihr schien mittlerweile ebenfalls zu dämmern, dass mich ihre Art einfach nur noch nervte. »Hör zu«, unterbrach ich sie und kündigte an, was schon längst überfällig war, »wir müssen dringend reden. So kann das mit uns nicht weitergehen.«

Ihr war natürlich sofort klar, in welche Richtung das angekündigte Gespräch laufen würde, aber ihre Reaktion darauf fiel anders aus, als von mir erwartet. Ihre Worte hallten in meinen Ohren nach und ich beendete das Telefonat abrupt, ohne zu wissen, was nun auf mich zukommen würde.

Ich ließ meinen Kopf nach hinten auf die Lehne des Sofas fallen, während ich mir mit einer Hand angespannt durch die Haare fuhr.

»Fuck!«, war alles, was ich noch zwischen meinen Lippen hervorpressen konnte.

1. Der Anfang vom Ende

Etwa zwei Wochen zuvor …

»Bist du bereit für das letzte Schuljahr?«, wollte meine beste Freundin Amy von mir wissen, während wir aus dem Schulbus stiegen und langsam auf das große Gebäude am Ende des Parkplatzes zusteuerten. Ihre grauen Augen musterten mich aufgeregt, aber ich konnte ihre Begeisterung nicht teilen.

»Habe ich denn eine Wahl?«, erwiderte ich also sarkastisch und war bereits auf eine entsprechende Antwort eingestellt, als Amy ergeben ihre Hände hob. Irgendwie hatte ich es nie geschafft, meinen Platz an der Richmond High zu finden. Wirklich schlimm fand ich das allerdings auch nicht, denn ich hatte nie den Wunsch verspürt, mich in das typische Leben an der Highschool einzufügen.

Wir hatten diese Unterhaltung schon etliche Male geführt aber unsere Ansichten waren in dieser Hinsicht einfach total unterschiedlich. Sie war der Meinung, das letzte Jahr an der Highschool sei etwas Besonderes, wohingegen ich einfach nur froh war, endlich diesem Wahnsinn entkommen zu können. Warum das so war, wusste ich selbst nicht genau. Vielleicht lag es auch einfach an meiner Einstellung zum Leben, denn ich mochte es überhaupt nicht, im Mittelpunkt zu stehen.

Wir legten ein Stück des Weges schweigend zurück und ich nutzte die Zeit dafür, mir über die Worte meiner Mutter am Vorabend Gedanken zu machen. Während des gemeinsamen Abendessens hatte sie mir mitgeteilt, dass eine Überraschung für den heutigen Nachmittag geplant war. Details wollte sie mir zwar nicht nennen, aber ich konnte mir bereits denken, dass sie mir ihren neuen Freund vorstellen würde.

Die Trennung meiner Eltern lag schon zwei Jahre zurück und ich hatte mich, so gut es eben ging, mit der Situation arrangiert. Trotzdem hatte ich nie ganz nachvollziehen können, warum meine Mom nicht noch etwas mehr um die Beziehung hatte kämpfen wollen. Natürlich war ich zum Zeitpunkt der Trennung noch deutlich jünger gewesen und hatte auch nicht über jedes Detail Bescheid gewusst. Das hatte ich auch gar nicht gewollt, denn es hatte nicht in meiner Macht gelegen, etwas dagegen auszurichten. Also hatte ich die Entscheidung notgedrungen akzeptiert, obwohl ziemlich deutlich gewesen war, dass die Trennung von meiner Mom ausgegangen war und mein Dad noch eine ganze Zeit versucht hatte, sie zurückzugewinnen. Dies war wohl auch der Grund, weshalb ich es meiner Mom mehr übel nahm.

Nun war mir bewusst, dass sie seit einiger Zeit einen Mann traf und es ihr ernst mit ihm war. Bisher hatte ich ihn noch nicht kennengelernt, aber anscheinend würde sich das heute ändern.

»Erde an Sophia Turner«, riss mich Amy aus meinen Gedanken. »Hast du mir überhaupt zugehört?«

»Sorry, ich war gerade irgendwie woanders«, entschuldigte ich mich und rang mir ein Lächeln ab. Ich wollte meine Freundin schließlich nicht direkt an unserem ersten Tag nach den Ferien verärgern.

»Also …«, begann sie erneut und atmete tief ein, bevor sie fortfuhr, »ich habe mir überlegt, dass wir in unserem letzten

Schuljahr mal etwas Neues ausprobieren sollten. Ich weiß, die Journalismus-AG liegt dir am Herzen, aber vielleicht ist jetzt die Zeit gekommen, um –«

»Moment mal! Versuchst du mir gerade zu sagen, dass du unseren Club verlassen wirst?« Ich blieb wie angewurzelt auf der Stelle stehen und starrte fassungslos in das schuldbewusste Gesicht meiner Freundin.

Wir hatten diese AG vor zwei Jahren wieder ins Leben gerufen, sie war *unser* Baby. Wir verbrachten mindestens zwei Nachmittage in der Woche dort, gemeinsam mit unseren Freunden Lauren und Jackson. Auch wenn wir hauptsächlich an Artikeln für die Schülerzeitung arbeiteten, hatten es einige unserer Texte sogar in die örtliche Zeitung geschafft.

Ganz davon zu schweigen, dass uns diese AG im letzten Jahr die Möglichkeit verschaffte, ein Empfehlungsschreiben von unserer Highschool für die anstehenden Collegebewerbungen zu bekommen. Natürlich war nicht jeder Schüler darauf angewiesen. Allerdings fehlten meiner Familie die finanziellen Mittel, um beispielsweise die teuren Studiengebühren von Eliteuniversitäten zahlen zu können. Mit einem Empfehlungsschreiben bestand für mich jedoch die Chance, an eines der begehrten Stipendien zu kommen. Wenn Amy hinschmiss, bedeutete dies im Umkehrschluss, dass unsere ohnehin schon recht spärlich besetzte AG ein Mitglied weniger verzeichnen würde. Irgendwie versetzte mich der Gedanke daran in Panik, weshalb ich den Schock darüber nur schwer verbergen konnte.

»Kurz gesagt: Ja! Ich möchte gerne zu den Schwimmern wechseln und neben den Trainingszeiten wird mir einfach die Zeit für unseren Club fehlen. Es tut mir leid, aber ihr werdet es auch ohne mich schaffen.«

Bevor ich etwas erwidern konnte, wurde ich jedoch plötzlich von Amy am Arm gepackt und nach hinten gerissen. Durch die unerwartete Bewegung verlor ich das Gleichgewicht und landete unsanft auf meinem Hintern. Erst da bemerkte ich den schwarzen SUV, welcher ganz knapp an mir vorbeigefahren war und in der nächsten Parklücke zum Stehen kam.

»O mein Gott, Sophia! Bist du okay?« Amy war neben mir in die Hocke gegangen und musterte mich besorgt.

»Ich denke schon«, erwiderte ich kleinlaut und rappelte mich so schnell wie möglich wieder auf. Notdürftig klopfte ich mir den Schmutz von der Hose und wäre am liebsten im Erdboden versunken.

»Hey, ihr! Wie wäre es, wenn ihr das nächste Mal nicht mitten auf dem Parkplatz stehen bleibt?« Der Fahrer des SUVs schlug verärgert die Autotür hinter sich zu, schob die Sonnenbrille in seine braunen Haare und blickte herausfordernd in unsere Richtung. Als wäre die Tatsache, fast überfahren worden zu sein, nicht schon schlimm genug. Nein, zu allem Überfluss musste das Auto natürlich dem Star unserer Schule gehören. *Gabriel Wright.* Hohn und Spott waren mir also sicher, denn er war dafür bekannt, sich nur allzu gerne über andere Menschen lustig zu machen.

»Hör zu, Arschloch! Mach gefälligst die Augen auf oder hast du deinen Führerschein beim Dosenwerfen gewonnen?« Amy hatte sich neben mir aufgebaut und brüllte die Worte wutentbrannt über den Parkplatz.

Völlig entsetzt zerrte ich an dem Ärmel ihrer Jacke, um sie irgendwie zum Schweigen zu bringen, aber da hatte ich die Rechnung ohne meine beste Freundin gemacht. Nun hatte es natürlich auch der letzte Schüler mitbekommen. Die Gespräche um uns herum wurden eingestellt und wir standen im Fokus der Aufmerksamkeit. Na, vielen Dank auch!

Gabriel starrte einen Moment perplex in unsere Richtung, bevor er die Fassung wiedererlangte. Anscheinend hatte er nicht damit gerechnet, dass ihm jemand die Stirn bot. Seine beiden Kumpel waren mittlerweile ebenfalls aus dem Wagen gestiegen, woraufhin sie sich über ihr weiteres Vorgehen zu beratschlagen schienen.

O Gott, Amy! Warum konnte sie nicht einfach mal ihre Klappe halten?

Einen kurzen Moment hoffte ich, sie würden es vielleicht gut sein lassen, aber natürlich taten sie mir den Gefallen nicht. Mit schnellen Schritten schlossen sie zu uns auf und stoppten erst, als sie direkt vor uns standen. Während ich kurz davor war, vor Aufregung zusammenzubrechen, ging Amy sofort in Angriffshaltung über.

»Was wollt ihr? Verpisst euch besser, bevor die Situation hier noch unangenehm für euch wird!«

Die drei Jungs brachen sogleich in schallendes Gelächter aus, bis Gabriel seinen Kumpeln mit einer Geste bedeutete, leise zu sein. Mit einer schnellen Bewegung ließ er eine Hand in seinem Rucksack verschwinden und holte eine Wasserflasche daraus hervor. Bevor ich überhaupt realisierte, was er vorhatte, war es schon zu spät: Er öffnete den Deckel und übergoss uns mit der klaren Flüssigkeit.

»Es wirkte so, als hättet ihr eine kleine Abkühlung nötig«, lachte er gehässig, woraufhin seine Freunde und auch einige umstehende Personen sofort mit einstimmten.

»Du bist so gut wie tot!«, schrie Amy wutentbrannt, während sie wie eine Furie auf Gabriel losgehen wollte. Nur mühsam gelang es mir, sie festzuhalten.

»Mach es bitte nicht noch schlimmer«, flüsterte ich ihr flehend zu. In was für einem Albtraum war ich hier bitte schön gelandet?

Gabriel schien zufrieden mit unserer Demütigung, denn er hatte ein selbstgefälliges Grinsen aufgesetzt. Für den Bruchteil einer Sekunde lag noch sein herablassender Blick auf uns, bevor er sich endlich von uns abwandte. Gemeinsam mit seinen Kumpeln schlenderte er davon, als wäre nie etwas geschehen.

»Sag mal, musste das sein? Kannst du dich nicht einmal zurückhalten?«, zischte ich Amy entgegen, als ich meine Fassung einigermaßen wiedererlangt hatte. Noch immer musste ich dagegen ankämpfen, nicht sofort in Tränen auszubrechen. Ganz zu schweigen von dem Adrenalinstoß, welcher meinen Herzschlag ins Unermessliche zu steigern schien. Ich fühlte mich so bloßgestellt, wie wohl noch nie zuvor. Natürlich hatte dieser Vollidiot einen Fehler gemacht, als er so unachtsam auf den Parkplatz gefahren war. Allerdings war Amys Reaktion darauf der Grund dafür, dass wir nun wie begossene Pudel auf dem Asphalt standen.

Verstohlen versuchte ich, mir das Wasser mit den Händen aus den Haaren zu ziehen, was natürlich keinerlei Effekt mit sich brachte. Zumindest stellte ich zu meiner Erleichterung fest, dass sich die meisten unserer Mitschüler wieder von uns abgewandt hatten. Natürlich nicht, ohne auch noch einige Meter von uns entfernt lautstark über den Vorfall zu lachen.

»Der Schnösel hätte dich beinahe platt gefahren und du machst *mich* dafür dumm an?«, entgegnete Amy völlig außer sich, während sich ihre Mascara aufgrund der unfreiwilligen Dusche bereits über ihr gesamtes Gesicht verteilt hatte. Wäre die Situation nicht so unfassbar unangenehm gewesen, wäre ich wahrscheinlich aufgrund von Amys Panda-Look ebenfalls in schallendes Gelächter ausgebrochen. Wenigstens machte sich für mich der Umstand bezahlt, weitestgehend auf Schminke zu verzichten.

Wahrscheinlich wäre es sinnvoller gewesen, einfach den Mund zu halten, aber ich entschied mich trotzdem dagegen. »Du hättest es gut sein lassen sollen. Wegen deiner impulsiven Reaktion sind wir jetzt das Gespött der Schule«, versuchte ich, ihr meine Sicht der Dinge klarzumachen.

Gedemütigt setzten wir unseren Weg schließlich fort, während die Stille zwischen uns wie eine unsichtbare Barriere fungierte. Als wir den Eingang zum Schulgebäude erreicht hatten, wandte sich meine Freundin schließlich doch noch einmal an mich. »Egal, wie sehr du es dir auch wünschst, du bist nicht unsichtbar, und es ist unmöglich, ein Leben lang jeder Konfrontation aus dem Weg zu gehen!«

Amy warf mir noch einen verletzten Blick zu, bevor sie sich von mir abwandte und schließlich in der Masse von Schülern verschwand.

Dass sie mit ihrer Aussage unwissentlich vollkommen ins Schwarze getroffen hatte, würde ich bereits sehr bald herausfinden.

2. Alarmstufe Rot

Ich hatte Amy den gesamten Tag über nicht mehr gesehen, was mir ziemlich zusetzte. Immerhin war sie meine beste Freundin und im Grunde genommen wusste ich, dass sie mich nur hatte verteidigen wollen.

Während das Wasser in meinen Haaren und meiner Kleidung irgendwann getrocknet war, kreisten meine Gedanken während des Unterrichts nur um sie. Wir stritten uns eigentlich nie, weshalb mich die Situation vollkommen fertig machte. Als selbst in der Mensa ihr Platz neben mir leer blieb, wusste ich, dass ich es dringend wieder geradebiegen musste. Natürlich bekam ich mit, wie hinter vorgehaltener Hand über den Vorfall am Morgen getratscht wurde, aber all das belastete mich nicht so sehr wie der daraus resultierende Streit. Dass Amy sich den Pizza-Montag wirklich entgehen ließ, sprach Bände. Ich hatte sie verletzt und musste mir dringend etwas einfallen lassen.

Grübelnd brachte ich also den letzten Kurs für diesen Tag hinter mich und begab mich anschließend auf direktem Wege zu unserem Clubraum. Als ich den langen Schulkorridor entlanglief, spekulierte ich darauf, Amy vielleicht doch noch zu begegnen. Ich wollte mich unbedingt entschuldigen und außerdem hoffte ich noch immer, sie davon überzeugen zu können, unseren Journalismus-Club nicht zu verlassen. Gedanklich hatte ich mir bereits einige Argumente zurechtgelegt, allerdings war meine Hoffnung zugegebenermaßen nicht besonders groß.

Nachdem ich unseren Raum endlich erreicht hatte, schloss ich die Finger um die Klinke und atmete einmal tief ein, bevor ich die Tür mit einem Ruck öffnete. Wie befürchtet, war Amy nicht anwesend, allerdings waren zumindest Lauren und Jackson vor Ort.

»Hey!«, rief ich meinen Freunden zu, woraufhin beide von ihren Stühlen aufsprangen und mich stürmisch umarmten. Durch die vorangegangenen Ferien hatten wir uns einige Zeit nicht gesehen, da beide jeweils mit ihren Eltern in den Urlaub gefahren waren.

»Wir haben gehört, was heute Morgen auf dem Parkplatz passiert ist. Willst du darüber reden?« Lauren hatte als erste das Wort ergriffen, während ihr mitleidiger Blick auf mir ruhte.

»Auf keinen Fall«, wiegelte ich ihren Vorschlag ab, denn ich bemühte mich sowieso schon den gesamten Tag über, das Geschehene bestmöglich zu verdrängen.

»In Ordnung. Ist eh nicht der Rede wert«, erwiderte Lauren augenzwinkernd, bevor sie sich wieder an ihren Platz begab. Offensichtlich hatten sie und Jackson bereits angefangen, an einem neuen Artikel zu arbeiten.

Beiläufig ließ ich meinen Blick durch den Raum schweifen. Ursprünglich war dies das Büro eines Lehrers gewesen, aber als der Neubau fertiggestellt worden war, hatten wir das Zimmer für unsere Journalismus-AG übernehmen dürfen. Die Einrichtung war recht spartanisch, doch das störte uns überhaupt nicht. Die Kopfseite des Raumes war mit einem blauen Sofa ausgestattet. Ein runder Tisch mit vier Stühlen diente uns als Arbeitsplatz, während auf der gegenüberliegenden Seite lediglich ein deckenhohes Holzregal mit zahlreichen Ordnern platziert war. Die Möbel hatten ihre besten

Jahre bereits hinter sich, allerdings machte das auch irgendwie ihren Charme aus.

»Woran arbeitet ihr denn schon so fleißig?«, wollte ich schließlich von den beiden wissen und trat an den Tisch heran, um die darauf abgelegten Artikel zu inspizieren. Als ich den obersten Zettel in die Hand nahm, bemerkte ich jedoch, dass es sich um eine Ausschreibung für unseren Club handelte.

»Sie meint es also wirklich ernst, hm?«, seufzte ich traurig, ohne den Blick von dem Papier zu heben. Ich war zwar enttäuscht, aber andererseits wollte ich Amy natürlich auch nicht im Weg stehen. Das Empfehlungsschreiben würde ich auch ohne die Zusammenarbeit mit ihr bekommen, da war ich mir relativ sicher.

Mr Porter war an unserer Highschool für das Verfassen der entsprechenden Schreiben im Bereich Journalismus zuständig. Er betreute unsere AG und lies nichts unversucht, unsere journalistischen Fähigkeiten auf ein höheres Level zu bringen. Vor den Sommerferien hatte ich bereits ein Gespräch mit ihm über die anstehenden Collegebewerbungen geführt, in welchem er mich ermutigt hatte, weiterhin so viel Herzblut in diese AG zu stecken.

»Sieht wohl so aus, aber vielleicht finden wir ja ein neues Mitglied? Wir hängen den Zettel gleich ans Schwarze Brett und warten mal ab, ob sich jemand meldet«, entgegnete Lauren zuversichtlich, während sie nebenbei versuchte, eine ihrer braunen Locken mit einer Haarspange zu fixieren.

»Es wird sich ganz bestimmt jemand finden«, schaltete sich nun auch Jackson ein. Daraufhin nickte ich zwar zustimmend, fragte mich aber, woher die beiden ihren Optimismus nahmen. Denn *bisher* hatte es immer mal Mitschüler gegeben, die kurzzeitig bei uns mitgewirkt hatten, aber wirklich lange war niemand geblieben.

»Wir müssen bald mal wieder etwas zusammen unternehmen! Wie wäre es mit Kino nächste Woche?«, schlug Jackson plötzlich vor, woraufhin sich das erste Mal an diesem verdammten Tag ein Lächeln auf meinen Lippen bildete.

»Sehr gerne«, stimmte ich augenblicklich zu und auch Lauren schien von dem Vorschlag begeistert zu sein. Innerlich hoffte ich nur, dass meine beste Freundin überhaupt noch Lust auf eine gemeinsame Verabredung haben würde.

»Amy kriegt sich schon wieder ein. Ihr seid wie Pech und Schwefel, daran kann ein blöder Streit überhaupt nichts ändern.«

Verdattert blickte ich Lauren entgegen. Konnte sie nun auch noch Gedanken lesen?

Nachdem wir uns noch ein wenig über unsere Ferien ausgetauscht hatten, verabschiedete ich mich auch schon wieder. Ich hatte meiner Mom versprochen, heute pünktlich nach Hause zu kommen, um ihre *Überraschung* nicht zu verpassen.

Auf dem Weg nach draußen nahm ich die Ausschreibung mit und platzierte diese gut sichtbar auf dem Schwarzen Brett, bevor ich das Schulgebäude verließ und den Parkplatz überquerte. Erleichtert stellte ich fest, dass der SUV nicht mehr in der Parklücke stand, denn auf eine erneute Konfrontation mit Gabriel und seinen Kumpeln hatte ich keine Lust. Ich hatte es noch nie gemocht, im Mittelpunkt zu stehen. Es entsprach einfach nicht meinem Wesen. Bis zu diesem Schuljahr war es mir gelungen, ein möglichst unbehelligtes Dasein zu führen, und daran sollte sich auch in Zukunft nichts ändern.

Als ich auf den Schulbus wartete, zog ich mein Smartphone aus der hinteren Tasche meiner Jeans und tippte eine kurze Nachricht an Amy.

Hey! Es tut mir unglaublich leid, wie ich heute Morgen reagiert habe. Ich war total überfordert mit der Situation, aber natürlich weiß ich, dass du mich nur verteidigen wolltest. Dass du zu den Schwimmern willst, akzeptiere ich auch! Es tut mir leid und du fehlst mir.

Ich musste gar nicht lange warten, da änderte sich der Status meiner Mitteilung auch schon von *zugestellt* zu *gelesen*, und es wurde angezeigt, dass Amy eine Antwort verfasste.

Wenn ich dir das nächste Mal das Leben rette, benimmst du dich nicht wie ein Arsch, okay? ;) Eventuell habe ich durch mein Verhalten aber auch nicht gerade dazu beigetragen, die Situation zu deeskalieren. Wir reden später in Ruhe.

Erleichtert verstaute ich das Telefon wieder in meiner Tasche und stieg in den Bus. Wenigstens musste ich mir nun keine Sorgen mehr darum machen, meine beste Freundin verloren zu haben.

Als ich nach zwanzig Minuten an der Ecke Ellwood Ave ausstieg, musste ich nur noch ein kurzes Stück die Straße hochlaufen, bis ich unser Haus erreicht hatte. Ich liebte die Umgebung: die gepflegten Vorgärten, die teilweise aufwendig gestalteten Fassaden der Häuser und allgemein die Ruhe, die diese Gegend ausstrahlte.

Ich blieb einen Moment in der Einfahrt stehen und betrachtete unser Gebäude. Auf der Ellwood Ave gab es einige Reihenhäuser, aber unser Anwesen war eines der wenigen freistehenden Häuser. Die Einfahrt war links und rechts von Rasen umgeben, wobei auf der rechten Seite ein Holztörchen in unseren Garten führte. Um die Eingangstür zu erreichen, musste man drei Stufen bewältigen und fand sich dann auf unserer Veranda wieder. Mom hatte diese ganz klassisch mit zwei Schaukelstühlen aus Holz dekoriert, welche unter dem Küchenfenster platziert waren, aber ehrlicherweise kaum zum Einsatz kamen.

Ursprünglich hatten Mom und ich hier gemeinsam mit meinem Dad gelebt, dies hatte sich jedoch mit der Trennung meiner Eltern vor zwei Jahren geändert. Noch heute ertappte ich mich dabei, hin und wieder an die gemeinsame Zeit mit ihm zu denken. Er fehlte mir, obwohl ich es vor meiner Mom nicht zugab. Leider hatte er nach der Trennung einen neuen Job angenommen, welcher ihn in einen anderen Bundesstaat verschlagen hatte. Natürlich telefonierten wir in regelmäßigen Abständen, die Treffen hingegen waren ziemlich selten geworden.

»Sophia?« Was machst du denn da?«, hörte ich plötzlich die Stimme meiner Mutter fragen. Sie hatte ihren Kopf zur Haustür rausgesteckt und musterte mich prüfend.

»Hi, Mom! Ich war kurz in Gedanken«, erklärte ich wahrheitsgemäß, bevor ich den restlichen Weg zurücklegte und ihr zur Begrüßung eine Umarmung schenkte.

Meine Mutter war eigentlich eher der sportliche Typ: Jeans, ein schlichtes Shirt und dazu Sneakers. Ihre dunklen Haare hatte sie im Alltag meistens zu einem Dutt geknotet und ihr funktionaler Look hing wahrscheinlich auch ein wenig mit ihrem Beruf als Physiotherapeutin zusammen. Umso überraschter war ich, sie heute in einem dunklen Abendkleid vorzufinden.

»Ich nehme an, dein ungewöhnlicher Look ist auf die angekündigte Überraschung zurückzuführen?«, erkundigte ich mich vorsichtig und musste mit einem Mal schwer schlucken. Erwartete sie etwa von mir, dass ich mich ebenso zurechtmachte?

»Genau. Du weißt ja, dass es mir ziemlich ernst mit Robert ist, und ich kann es kaum erwarten, ihn dir vorzustellen. Wir haben für heute Abend einen Tisch im *LeMaire* reserviert«, erwiderte sie aufgeregt, während sie hinter mir die Haustür schloss und mich anschließend durch den Flur in den Wohnbereich schob.

Schon beim Wort *LeMaire* schrillten bei mir sämtliche Alarmglocken. Dieses Restaurant war für seine Exklusivität und Extravaganz bekannt, und ich war so ziemlich genau das Gegenteil von diesen beiden Begriffen.

»Ich habe dir eine Kleinigkeit für heute Abend besorgt. Gefällt es dir?« Mom war an die Couch herangetreten und deutete mit einem strahlenden Lächeln auf ein dunkelblaues, definitiv viel zu kurzes Cocktailkleid.

»Das ist jetzt nicht dein Ernst, oder?«, brachte ich entsetzt hervor und konnte nicht glauben, was hier gerade geschah. Diese Situation war eindeutig Alarmstufe Rot, und auch wenn ich ernsthaft versuchte, meiner Mom ihr neues Glück zu gönnen, konnte sie doch nicht von mir verlangen, mich derart zu verkleiden, oder?

Die Antwort darauf war leider: *Doch, konnte sie!*

Nachdem wir ungefähr zehn Minuten diskutiert hatten, stimmte ich schließlich resigniert zu. Ich würde dieses Kleid genau ein Mal tragen und es anschließend verbrennen! Oder spenden ... Irgendwas würde mir schon einfallen. Was mich ein wenig positiv stimmte, war die Tatsache, dass ich in diesem überteuerten Laden wohl kaum Gefahr lief, jemandem aus der Schule zu begegnen. Es war nicht so, dass ich eine Aversion gegen alle Mitschüler hegte. Ich beschränkte mich lediglich lieber auf den kleinen Kreis an Menschen, bei dem ich mir sicher sein konnte, nicht enttäuscht zu werden.

Widerwillig nahm ich das Kleid mit in die erste Etage, wo sich mein Zimmer befand. Ich streifte es mir über die schlanken Schultern und betrachtete mich anschließend genervt in meinem Spiegelschrank. Wenigstens passte es einigermaßen und das dunkle Blau harmonierte mit meinen braunen Haaren. Allerdings kam dadurch auch meine blasse Hautfarbe zur Geltung, was mich jedoch nicht störte.

»Wie weit bist du?«, drängte meine Mom aus dem Erdgeschoss, woraufhin ich nicht anders konnte, als genervt die Augen zu verdrehen.

Am unteren Treppenabsatz wartete sie bereits auf mich und ihr anerkennender Blick machte die ganze Angelegenheit nur noch schlimmer.

»Du siehst toll aus! Hast du vielleicht Lust darauf, von mir eine Frisur gemacht zu bekommen?«, erkundigte sie sich, während sie bereits mit ihren Fingern durch meine langen, glatten Haare strich.

»Nein, definitiv nicht«, entgegnete ich gereizt. »Ist dein Freund der Präsident, oder warum veranstalten wir so eine Show?«

»Ist ja schon in Ordnung. Du bist gut so, wie du bist.« Mom lachte und hob ergeben ihre Hände, schob jedoch nach: »Allerdings könnte ich deine wunderschönen dunklen Augen mit etwas Lidschatten noch strahlender aussehen lassen?«

»Wenn du nicht sofort aufhörst, kannst du gleich alleine fahren!« So langsam hatte ich wirklich genug von dieser Maskerade. Entweder dieser Robert akzeptierte mich so, wie ich war, oder er konnte mir gestohlen bleiben.

Es folgte trotzdem noch eine Kontroverse über meine Schuhwahl. Ich besaß einfach keine passenden Sandalen oder was auch immer zu diesem Kleid passte, aber meine Mom hatte natürlich an alles gedacht. Freudestrahlend hielt sie mir ein Paar farblich abgestimmte Pumps hin. Glücklicherweise war der Absatz nicht allzu hoch, da ich sonst wahrscheinlich mit einem gebrochenen Knöchel in der Notaufnahme gelandet wäre.

Nicht einmal zehn Minuten später fand ich mich auch schon neben Mom auf dem Beifahrersitz wieder. Sie hatte das Radio laut aufgedreht und summte irgendeine Ballade mit, während ich im Stillen betete, den Abend schnell hinter mich bringen zu können. Ich *wollte* dem neuen Freund wirklich neutral gegenübertreten, aber je mehr Mom versuchte, mich *perfekt* zu präsentieren, desto genervter wurde ich. Sie meinte es nur gut, das tat sie immer. Dennoch fehlte mir mein Dad – auch nach zwei Jahren noch – und diese Tatsache wurde mir mit jeder weiteren Minute klarer.

Ich hatte mich einfach schon immer mehr mit seiner ruhigen, ausgeglichenen Art identifizieren können. Ihm wäre nicht im Traum eingefallen, mich für irgendein Event zu *verkleiden*, und wenn er davon erfahren hätte, wäre seine Reaktion wahrscheinlich ähnlich ausgefallen wie meine eigene zuvor: Er hätte mit den Augen gerollt und fassungslos den Kopf geschüttelt.

Als sie den Wagen schließlich vor dem *LeMaire* zu Stehen brachte, wischte ich mir meine schweißnassen Hände am Saum des Kleides ab.

Mir war bewusst, dass es nun kein Zurück mehr gab.

3. Schockstarre

Mom hatte mittlerweile den Wagen umrundet, meine Tür geöffnet und hielt mir eine Hand hin, um mir aus dem Fahrzeug zu helfen.

Während wir auf die gläserne Eingangstür zusteuerten, versuchte ich, mit beiden Händen mein Kleid etwas länger zu ziehen. Natürlich war mein Vorhaben nicht von Erfolg gekrönt, denn jedes Mal, wenn ich losließ, rutschte es erneut auf seine ursprüngliche Länge zurück.

Als wir die Glastür erreicht hatten, wurde diese bereits von einem Kellner im Anzug geöffnet. Er komplimentierte uns mit einer einladenden Handbewegung ins Innere und führte uns zu einem kleinen Holztresen, auf welchem ein Gästebuch platziert war.

»Guten Abend. Sie haben reserviert, nehme ich an?«, empfing uns ein weiterer Kellner und musterte uns freundlich. Er war offenbar für die Tischvergabe verantwortlich.

Während meine Mutter mit dem Mann sprach, ließ ich meinen Blick durch das Restaurant schweifen. Es war ohne Frage ziemlich edel, was sich sowohl in der Einrichtung als auch in den Gästen widerspiegelte. In der Mitte des großzügigen Saales hing ein pompöser Kronleuchter, während links und rechts entlang der Wände Lichterketten gespannt waren.

Die Tische waren außerordentlich elegant dekoriert, und auch wenn das *LeMaire* definitiv ein wunderschönes Ambiente ausstrahlte, fühlte ich mich trotzdem deplatziert.

»Hier entlang, bitte«, riss mich die Stimme des Kellners aus meinen Gedanken. Er durchquerte das Restaurant, während meine Mutter und ich ihm folgten. Vor einer großen Fensterfront mit Blick auf die Stadt kam er schließlich zum Stehen und deutete auf den vor uns liegenden Tisch. Als ich mich hinsetzen wollte, kam er mir zuvor und rückte meinen Stuhl zurecht, was mir einen erneuten Schweißausbruch bescherte.

Wir waren etwas zu früh dran. Dies war auch die Erklärung dafür, warum Moms Freund noch auf sich warten ließ. Um die Zeit zu überbrücken, bestellten wir uns schon mal Getränke.

»Sie müssten jeden Moment eintreffen«, ergriff meine Mutter schließlich mit einem Blick auf die Uhr das Wort. Nachdem sie den Satz beendet hatte, drehte sie sich erwartungsvoll in Richtung der Eingangstür, aber bisher waren keine neuen Gäste eingetroffen.

Hatte ich sie gerade richtig verstanden?

»Du meinst Robert«, berichtigte ich sie mit hochgezogener Augenbraue. Dass sie ihn in der Mehrzahl angekündigt hatte, machte mich zugegebenermaßen noch nervöser, als ich es ohnehin schon war.

»Schatz, es gibt da noch eine Kleinigkeit …« Mom nippte nervös an ihrem Glas Rotwein, bevor sie fortfuhr. »Robert hat einen Sohn. Ich habe es dir bisher nicht erzählt, weil ich weiß, wie introvertiert du sein kannst, und ich dachte, es wäre das Beste, ihr würdet euch einfach direkt persönlich kennenlernen.«

Ich konnte nicht anders, als sie völlig perplex anzustarren. Sie hatte mir den Sohn ihres Freundes mit voller Absicht verschwiegen und hielt diese Tatsache auch noch für eine gute Idee?

Bevor ich jedoch etwas erwidern konnte, sah ich aus dem Augenwinkel, wie sich die Eingangstür öffnete. Ein Mann trat ein und blickte sich suchend um, bis er schließlich in unsere Richtung schaute und uns aus der Entfernung ein Handzeichen gab. Er sprach noch kurz mit dem Kellner, bevor er sich schließlich auf uns zubewegte. Meine Mutter erhob sich daraufhin und schloss Robert mit einer liebevollen Geste in ihre Arme.

»Sophia, darf ich dir Robert vorstellen?«, wandte sie sich anschließend an mich. Ich erhob mich dementsprechend ebenfalls, um ihm höflich meine Hand zur Begrüßung entgegenzustrecken.

»Freut mich, dich endlich kennenzulernen. Deine Mutter hat schon so viel von dir erzählt«, entgegnete Robert freundlich, während er meine Finger mit einem festen Händedruck umschloss.

Nachdem wir wieder am Tisch Platz genommen hatten, musterte ich ihn unauffällig. Die grau melierten Haare passten perfekt zu seinem gesamten Erscheinungsbild. Sein Anzug saß wie maßgeschneidert, was mich jedoch nicht wunderte. Ich wusste, dass er ein angesehener Arzt war, und da musste er natürlich darauf achten, einen entsprechenden Eindruck zu hinterlassen. Er wirkte ohne jeden Zweifel sympathisch, aber gleichzeitig hatte er auch eine autoritäre Ausstrahlung.

Ich begann, mich langsam ein wenig zu entspannen. Anscheinend hatte der mysteriöse Sohn von Robert keine Lust, an dieser Familienzusammenführung teilzunehmen, was ich ihm nicht verübeln konnte. Jetzt brauchte ich nur noch eine Zeit lang eine interessierte Miene aufzusetzen, bis ich endlich wieder nach Hause konnte. Eigentlich wollte ich nichts weiter, als diesen Abend schnellstmöglich zu vergessen.

In diesem Moment gab Robert dem Kellner ein dezentes Handzeichen, woraufhin dieser unverzüglich an unseren

Tisch trat und aufmerksam auf eine weitere Bestellung wartete.

»Eine Flasche Champagner, bitte«, wandte sich Robert daraufhin an den Mann. Als sich dieser mit einem ergebenen Nicken bereits wieder von unserem Tisch entfernen wollte, ergänzte der Freund meiner Mutter noch: »Und vier Gläser dazu!«

Meine Kehle fühlte sich mit einem Mal ausgetrocknet an. Anscheinend erwarteten wir doch noch einen Gast und meine Hoffnung, irgendwie um eine Begegnung mit Roberts Sohn herumzukommen, zerplatzte wie eine Seifenblase.

»Wo bleibt er denn nur?«, murmelte Robert mit einer leichten Anspannung in der Stimme. Diesmal war er derjenige, welcher erwartungsvoll in Richtung der Eingangstür sah. »Er wollte nur ein kurzes Telefonat führen, aber anscheinend definiert Gabe das Wort *kurz* anders als ich.«

Ich hörte den Namen *Gabe* zum ersten Mal und ärgerte mich erneut darüber, in was für eine Situation meine Mom mich gebracht hatte. Nicht nur, dass ich mich in Zukunft mit einem neuen Mann an ihrer Seite arrangieren musste. Nun wurde mir auch noch ein Stiefbruder präsentiert, ohne dass ich mich im Vorfeld mit dieser Neuigkeit hatte auseinandersetzen können. Was hatte sie sich dabei nur gedacht? Ich fühlte mich sowohl übergangen als auch hintergangen. Was kam als Nächstes? Dass wir unser Haus verkaufen und zu Robert und seinem Sohn ziehen würden?

Das würde definitiv ein Nachspiel haben, was ich ihr auch sogleich mit einem fassungslosen Blick zu verstehen gab. Insgeheim hoffte ich natürlich darauf, dass dieser Gabe umgänglich war, wobei mir der Gedanke, dass er mich einfach vollkommen in Ruhe ließ, immer noch am besten gefiel.

»Da ist er ja endlich!«, hörte ich Robert plötzlich sagen. Er hatte sich bereits erhoben und gab der Person am Eingang ein Handzeichen. Sein Rücken verdeckte mir dabei die Sicht.

Als ich dann jedoch erkennen konnte, wer sich da so zielstrebig auf unseren Tisch zubewegte, wurde mein gesamter Körper von einer unerträglichen Hitze geflutet. Am liebsten hätte ich auf der Stelle die Flucht ergriffen, aber ich war in eine Schockstarre verfallen und unfähig, mich zu bewegen.

Ich blinzelte ein paarmal, um sicherzustellen, dass ich nicht halluzinierte. Aber egal, wie oft ich meine Augen schloss, er war es tatsächlich: *Gabriel Wright.*

4. Heilige Scheiße

Die Worte um mich herum verschwammen zu einem undeutlichen Strudel aus verschiedenen Lauten und ich war nicht mehr dazu in der Lage, ihnen zu folgen. Vielmehr musste ich meine gesamte Kraft aufbringen, um nicht augenblicklich vom Stuhl zu kippen.

Erst ein heftiger Schmerz an meinem Schienbein holte mich schließlich zurück in die Wirklichkeit. Eine Wirklichkeit, in der Gabriel Wright vor mir stand und mich ansah, als hätte ich vollkommen den Verstand verloren. Es dauerte einen Augenblick, bis ich realisierte, dass meine Mom mir unter dem Tisch einen Tritt verpasst hatte, und als ich in ihr Gesicht sah, bedeutete sie mir mit einer fordernden Geste, mich ihm vorzustellen.

»Hi, ich bin Gabriel«, ergriff er schließlich die Initiative und streckte mir betont lässig seine Hand entgegen. Für den Bruchteil einer Sekunde konnte ich erkennen, dass er genauso überrascht über unsere Zusammenkunft war wie ich. Allerdings fing er sich genauso schnell wieder und setzte ein arrogantes Pokerface auf. Er tat tatsächlich so, als begegneten wir uns zum ersten Mal – was ein Arsch!

Ich erhob mich gerade so weit von meinem Stuhl, dass ich seine Geste erwidern konnte, und verhinderte auf diese

Weise, mich in meinem Kleid vor ihm präsentieren zu müssen. Anschließend nahm Gabriel neben mir Platz, griff nach der Speisekarte und scherzte nebenbei mit seinem Dad, als wäre diese Situation das Normalste der Welt.

Während meine Gedanken um unsere Auseinandersetzung an diesem Morgen kreisten, schien ihn das überhaupt nicht zu belasten. Ohne den Zwischenfall hätte er wahrscheinlich nicht einmal gewusst, wer ich war, und ehrlich gesagt wäre mir das um einiges lieber gewesen. Ich hingegen wusste genau über ihn Bescheid: Er war das Aushängeschild unserer Highschool. Footballstar, Mädchenschwarm und Lehrerliebling. Außerdem hatte ich schon oft gehört, wie er sich über andere lustig machte, weshalb ich erst recht keinen Wert darauf legte, in seiner Welt zu existieren. Kurzum: Mit ihm wollte ich absolut nichts zu tun haben!

»Weißt du schon, was du möchtest?« Gabriel hatte sich anscheinend für eine Speise entschieden und hielt mir mit gespielter Höflichkeit die Karte entgegen. Obwohl er eine neutrale Miene aufgesetzt hatte, entging mir das angedeutete Grinsen in seinem Gesicht nicht.

»Ja, ähm ... nein ...«, stammelte ich unbeholfen, griff aber trotzdem nach der Speisekarte. Wenigstens konnte ich auf diese Weise für einen Augenblick mein Gesicht dahinter verbergen. Davon abgesehen würde ich sowieso keinen Bissen herunterbekommen, also war es unbedeutend, überhaupt etwas auszuwählen.

Der Kellner trat kurze Zeit später mit einem riesigen Silbertablett an unseren Tisch und präsentierte eine teuer aussehende Champagnerflasche, welche in einer mit Eis gefüllten Glasschale angerichtet war. Mit einer übertriebenen Geste befüllte er die Gläser und verteilte sie anschließend an uns.

»Da wir jetzt alle hier versammelt sind, möchten wir euch gerne etwas mitteilen«, begann Robert feierlich und schenkte meiner Mom dabei ein verliebtes Lächeln. Sie griff daraufhin nach seiner Hand und schmachtete ihn an, während ich kurz davor war, mich übergeben zu müssen.

»Robert hat mir einen Antrag gemacht und ich habe Ja gesagt«, vollendete meine Mom den Satz kurzerhand und strahlte dabei übers ganze Gesicht.

Vollkommen ungläubig starrte ich von ihr zu Robert, während mein Körper von einem erneuten Adrenalinschub geflutet wurde. Während die anderen bereits dabei waren, auf die Neuigkeit anzustoßen, umklammerte ich den Glasstiel meines Getränkes so fest, dass meine Fingerknöchel weiß hervortraten. Bedingt durch die Kraftauswirkung, zerbrach der dünne Stiel in meiner Hand und der gesamte Inhalt des Glases verteilte sich großflächig über mein Kleid.

In diesem Moment brannte mir endgültig eine Sicherung durch und ich sprang panisch von meinem Stuhl auf. Als wäre das alles nicht schon demütigend genug gewesen, flog der Stuhl hinter mir mit einem lauten Knall zu Boden und die Augen sämtlicher Restaurantbesucher waren auf mich gerichtet.

»Sophia!«, rief meine Mutter entsetzt, während um uns herum eine fast schon gespenstische Stille herrschte. Ich dachte allerdings überhaupt nicht daran, mich für meine Reaktion zu rechtfertigen.

Ohne ein weiteres Wort ergriff ich die Flucht. Ich hörte, wie Robert und Mom mir etwas nachriefen, allerdings drehte ich mich nicht mehr zu ihnen um. Mir war völlig egal, was sie zu sagen hatten. Ich wollte einfach nur weg und fragte mich, wie Mom mich nur derart vorführen konnte.

Eine Verlobung, ohne vorher auch nur einmal mit mir darüber gesprochen zu haben? Es fühlte sich surreal an, beklemmend und absolut angsteinflößend.

Mit einer eiligen Handbewegung öffnete ich die Glastür und lief verzweifelt nach draußen. Auch wenn die Pumps keine besonders hohen Absätze hatten, hinderten sie mich daran, mich möglichst schnell fortbewegen zu können. Daher entledigte ich mich ihrer und schmiss sie kurzerhand an den Straßenrand.

Ich hatte nicht einmal mein Handy dabei, sodass ich keine Möglichkeit hatte, einen meiner Freunde zu kontaktieren. Es interessierte mich wenig, ob meine Mom sich sorgte. Immerhin war sie es gewesen, die mich völlig unvorbereitet ins offene Messer laufen gelassen hatte, und ich konnte einfach nicht fassen, dass sie ihre eigene Tochter derart falsch einschätzte. Dachte sie wirklich, es wäre eine gute Idee, mir ohne jede Vorwarnung Robert, Gabriel und eine Verlobung zu präsentieren, drei Dinge, die mein Leben fortan erneut verändern würden?

Ziellos lief ich die von zahlreichen Passanten besuchte Hauptstraße entlang, vorbei an etlichen Wolkenkratzern, in denen auch zu dieser Uhrzeit noch die Bürobeleuchtung eingeschaltet war. Ich ignorierte die Blicke der Menschen, die mich wahrscheinlich aufgrund des fehlenden Schuhwerks für durchgeknallt hielten. Irgendwie trugen mich meine Füße runter zum Flussufer des James River, wo ich im Schutz der Dunkelheit schließlich auf die schmale Fußgängerbrücke trat, welche unterhalb einer Hauptverkehrsbrücke über den Fluss führte.

Ich lief ein paar Schritte, bis ich etwa die Mitte der Brücke erreicht hatte, und stellte erleichtert fest, dass sich niemand sonst mit mir dort befand. Erschöpft stützte ich mich mit den Armen auf dem kühlen Metallgeländer ab, während ich meinen Blick über die durch die Großstadtlichter beleuchtete Wasseroberfläche schweifen ließ. Das gleichmäßige Rauschen des Wassers beruhigte mich und auch das Bedürfnis, weitere Tränen zu vergießen, verschwand. Obwohl ich vollkommen den Überblick über die Uhrzeit verloren hatte, verspürte ich plötzlich das dringende Bedürfnis, mit meiner besten Freundin über all die Geschehnisse zu sprechen.

Ohne weitere Zeit zu verlieren, verließ ich die Brücke und machte mich auf den Weg zu ihr. Nach einem Fußmarsch von über einer halben Stunde fand ich mich schließlich vor Amys Haustür wieder. Als ich die Klingel betätigte, dauerte es nicht lange, bis diese vollkommen ahnungslos die Tür öffnete.

»Mein Gott, Sophia! Wie siehst du denn aus? Was ist passiert?«, empfing sie mich besorgt, nachdem sie mich einen Moment gemustert hatte und dann feststellte, in welchem Zustand ich mich befand. Eilig packte sie mich am Arm und zog mich ins obere Stockwerk, wo sich ihr Zimmer befand. Dort angekommen, schloss sie Tür hinter sich, um sich anschließend sofort mit mir auf ihrem Bett niederzulassen.

»Du sagst mir jetzt sofort, was los ist, hörst du?«, richtete sie eindringlich das Wort an mich.

Zögerlich begann ich, ihr jedes Detail zu schildern. Während meiner Ausführungen konnte ich einen erneuten Heulkrampf dann doch nicht mehr vermeiden, weshalb ich schließlich meinen Kopf an ihrer Schulter vergrub.

Es laut auszusprechen, hörte sich tatsächlich noch furchtbarer an als zuvor in meinen Gedanken.

»Heilige Scheiße«, kommentierte Amy meine Erzählung und blickte mir ungläubig entgegen. »Das bedeutet, dass dieses Arschloch Gabriel dein Stiefbruder wird.«

Ich bedankte mich gedanklich für die Zusammenfassung des Offensichtlichen, erwiderte jedoch nichts. Stattdessen überlegte ich, wie ich mich jemals wieder in der Schule blicken lassen sollte. Vor meinem inneren Auge malte ich mir bereits aus, wie Gabriel sich dort über mein Verhalten auslassen würde, und allein der Gedanke daran beschleunigte meinen Puls ins Unermessliche.

»Er wird mich fertigmachen«, äußerte ich meine Vermutung schließlich laut und begann, nervös meine Finger zu kneten. Durch den Druck traten meine Fingerknöchel bereits weiß hervor, aber ich konnte einfach nicht damit aufhören.

»Warum sollte er? Er ist zwar ein Arsch, aber das wäre doch total dumm von ihm, oder? Immerhin würde er dadurch wahrscheinlich Probleme mit seinem Dad bekommen«, überlegte Amy und streichelte mir tröstend über den Rücken.

Ich beruhigte mich langsam ein wenig und versuchte, die Angelegenheit rational zu betrachten. Robert hatte definitiv eine autoritäre Ausstrahlung und daher schien es tatsächlich nicht vollkommen abwegig, dass Gabriel keinen Stress mit seinem Dad haben wollte.

Aber konnte das wirklich sein? War es unter diesen Umständen noch möglich, mein Leben so unauffällig weiterzuleben wie bisher?

5. Freak

Amys Mutter hatte mich schließlich nach Hause gefahren, obwohl ich am liebsten überhaupt nicht mehr an diesen Ort zurückgekehrt wäre. Sie parkte den Wagen am Anfang unserer Einfahrt, und noch bevor ich das Fahrzeug verlassen konnte, sah ich bereits, wie meine Mom die Haustür aufriss und nach draußen trat.

Eilig bedankte ich mich für die Heimfahrt, bevor ich angespannt die Autotür öffnete und den Wagen verließ. Während ich auf meine Mutter zulief, konnte ich hören, wie Amys Mom den Rückwärtsgang einlegte und schließlich davonfuhr. Am liebsten wäre ich ebenfalls auf der Stelle umgekehrt, aber ich wusste, dass die kommende Konfrontation unvermeidlich war.

»Kannst du mir bitte sagen, was in dich gefahren ist? Hast du eine Vorstellung davon, wie dein Verhalten auf Robert und Gabe gewirkt hat?«, fuhr sie mich unvermittelt an, als ich zu ihr auf die Veranda getreten war. Ihre Augen funkelten vor Wut, was mich ehrlich gesagt ein wenig einschüchterte.

»Lass mich einfach in Ruhe! Das ist alles deine Schuld«, gab ich trotzig zurück und versuchte, mich an ihr vorbeizuschieben. Sie stellte sich mir jedoch in den Weg und versperrte somit demonstrativ die Fluchtmöglichkeit ins Innere unseres Hauses.

»Es ist meine Schuld?«, fragte sie ungläubig und schnaubte dabei laut. »Habe ich etwa kein Recht darauf, glücklich zu sein? Ist es zu viel verlangt, dass sich meine Tochter für mich freut?«

»Du verstehst wirklich gar nichts! Es geht doch gar nicht um Robert, sondern darum, dass du mich die ganze Zeit belogen hast!«

»Ich habe dich nicht belogen und es tut mir leid, wenn du es so aufgefasst hast«, entgegnete sie plötzlich in einem versöhnlichen Tonfall. Anscheinend kamen ihr nun doch noch Zweifel an ihrer Vorgehensweise, denn die Wut in ihrem Gesicht war plötzlich einer schuldbewussten Miene gewichen. »Ich dachte *wirklich*, es wäre leichter für dich, deinen Stiefbruder direkt persönlich kennenzulernen.«

Bei dem Wort *Stiefbruder* zuckte ich unwillkürlich zusammen. Das Ganze erschien mir immer noch surreal und ich war mir nicht sicher, ob ich mich jemals mit dieser Tatsache würde anfreunden können.

»Es tut mir leid, dass ich deine Gefühle verletzt habe. Das wollte ich nicht«, flüsterte sie auf einmal mit tränenerstickter Stimme und ließ resigniert ihre Schultern hängen.

Obwohl ich noch immer unglaublich enttäuscht über ihre Vorgehensweise war, beschloss ich, das Thema für diesen Abend gut sein zu lassen. Trotzdem beschäftigten mich die Gedanken an unsere Zukunft, denn auf eine Verlobung würde unweigerlich eine Hochzeit folgen und ein Zusammenziehen der beiden würde wohl unvermeidlich werden. Ich wollte unter keinen Umständen mit Gabriel unter einem Dach leben, alleine der Gedanke daran ließ meinen Puls rasen. Da ich nicht zu meinem Dad ausweichen konnte, blieb mir jedoch nichts anderes übrig, als alles Weitere erst mal auf mich zukommen zu lassen.

Als ich nach einer schlaflosen Nacht am nächsten Morgen in den Schulbus stieg, ließ ich mich erschöpft auf den leeren Platz neben Amy sinken. Obwohl ich wirklich versucht hatte, sämtliche Gedanken an meine Zukunft beiseitezuschieben, war mir das natürlich nicht gelungen. Außerdem fürchtete ich noch immer die Konfrontation mit Gabriel in der Schule.

»Guten Morgen! Wie geht es dir?«, wollte Amy von mir wissen und knuffte mir aufmunternd in die Seite. »Wie lautet der Plan für heute?«

»Ich wäre froh, wenn ich einen Plan hätte«, entgegnete ich hoffnungslos. In meinem Kopf hatte ich alle möglichen Szenarien durchgespielt, aber jedes einzelne war absolut furchtbar gewesen.

»Wenn dir der Schnösel dumm kommt, bekommt er es mit mir zu tun«, erklärte Amy daraufhin kampflustig. Ich quittierte diese Bemerkung jedoch nur mit einem Augenrollen, denn es war absolut keine Option, durch das Verhalten meiner Freundin noch mehr in den Fokus zu rücken.

Nachdem der Schulbus unsere Highschool erreicht hatte, bewegten wir uns wie üblich über den Parkplatz. Ich hielt so unauffällig wie möglich nach Gabriels schwarzem SUV Ausschau und atmete erleichtert auf, als ich ihn nicht entdecken konnte.

»Siehst du. Es ist alles in bester Ordnung«, beruhigte mich Amy von der Seite und griff nach meiner Hand.

Als wir das Innere unserer Schule betreten hatten, entspannte ich mich allmählich. Niemand schien hinter vorgehaltener Hand über mich zu tuscheln und alles schien völlig normal zu sein.

»Was hast du jetzt?«, erkundigte sich Amy, während sie in ihrer Tasche wühlte und schließlich einen zerknüllten Zettel hervorholte.

»Chemie und du?«, erwiderte ich und mir fiel auf, dass wir unsere Kurse noch gar nicht miteinander verglichen hatten. Normalerweise machten wir das gleich am ersten Tag nach den Ferien, aber da wir dieses Jahr einen ungünstigen Start gehabt hatten, waren wir noch nicht dazu gekommen.

»Ich hab jetzt Kunst, aber soweit ich weiß, müsste Lauren mit dir zusammen den Chemiekurs besuchen.« Sie tippte sich überlegend ans Kinn. »Hier hast du meine Kursübersicht. Gleich sie mit deiner ab und schreib mir dann, wann wir zusammen Unterricht haben, okay?« Amy drückte mir den Zettel in die Hand, umarmte mich und verabschiedete sich dann mit einem aufmunternden Lächeln.

Während ich in Richtung des Chemieraums lief, versicherte ich mich ein paarmal, ob mich auch wirklich keiner merkwürdig von der Seite ansah, aber glücklicherweise schenkte mir niemand Beachtung. Als ich mein Ziel schließlich erreicht hatte, betrat ich den Raum und hielt nach Lauren Ausschau.

Sie war noch nicht anwesend, also suchte ich mir einen leeren Platz in der vorletzten Reihe und behielt die Tür im Blick, während ich auf sie wartete. Der Chemiesaal füllte sich langsam mit Schülern und ich beschloss, die Wartezeit zu nutzen, um meine Kursliste mit der von Amy abzugleichen. Mit einem pinken Textmarker markierte ich unsere gemeinsamen Kurse und war gerade dabei, ein Foto von dem Abgleich an sie zu versenden, als sich plötzlich eine Person neben mich setzte.

Im ersten Moment nahm ich an, dass es sich um Lauren handelte, aber als ich schließlich hinsah, blickte ich in das Gesicht von Gabriel. Mir musste augenblicklich jegliche Farbe aus meinem ohnehin schon blassen Gesicht gewichen sein, denn er musterte mich mit einer Mischung aus Belustigung und Besorgnis.

»Läufst du jetzt wieder weg oder hast du dich heute besser im Griff?«, fragte er herausfordernd, während ein süffisantes Grinsen seine Lippen umspielte. Er lehnte sich lässig auf seinem Stuhl zurück und wartete augenscheinlich auf eine Reaktion von mir.

»Mir ging es gestern nicht so gut«, gab ich zurück, aber meine Stimme war nicht mehr als ein heiseres Flüstern.

»Hältst du dich eigentlich für den Hulk oder warum hast du das Glas gesprengt und anschließend mit Stühlen um dich geworfen?« Das Grinsen in seinem Gesicht hatte sich in der Zwischenzeit zu einem amüsierten Lachen ausgebreitet, während ich ihn einfach nur mit aufgerissenen Augen anstarrte. Anscheinend reichte ihm meine Demütigung vom Vortag nicht, anders hatte ich ihn aber ohnehin nicht eingeschätzt.

Mittlerweile hatten sich einige unserer Mitschüler zu uns gedreht und bedachten uns mit neugierigen Blicken. Sie begannen bereits zu tuscheln und hatten wahrscheinlich überhaupt keine Erklärung dafür, warum *Gabriel Wright* sich zu einem *Freak* wie mir setzte.

»Sehr witzig«, antwortete ich, noch immer darum bemüht, das Aufsehen so gering wie möglich zu halten. Warum konnte er sich nicht einfach in Luft auflösen?

»Hör zu, Turner.« Er beugte sich zu mir rüber, sodass seine Worte nur für mich hörbar waren. »Mach keine große Sache daraus, dann ist alles cool zwischen uns, okay?«

Ich starrte ihn ungläubig an. Ein paar Sekunden zuvor hatte er sich noch über mich lustig gemacht, nur um mir im nächsten Moment ein Friedensangebot zu unterbreiten?

6. Barbie-Bitch

Ohne eine Antwort von mir abzuwarten, erhob sich Gabriel auch schon wieder und schlenderte wie selbstverständlich aus dem Chemieraum. Auch wenn er mir mit seinen höhnischen Bemerkungen bewiesen hatte, dass er genau so ein Arsch war, wie ich befürchtet hatte, spürte ich Erleichterung. Immerhin schien er kein Interesse daran zu haben, es an die große Glocke zu hängen.

»Was war das denn bitte?«, vernahm ich nun Laurens irritierte Stimme direkt neben mir. Ich hatte vor lauter Schreck überhaupt nicht bemerkt, dass sie neben mich getreten war. Sie schob ihren Stuhl so nah zu mir, wie es ihr möglich war, und ließ sich anschließend auf ihn fallen.

»Meine Mom wird seinen Dad heiraten«, flüsterte ich ihr kurzerhand zu und selbst als ich die Worte aussprach, hörte es sich unwirklich für mich an.

»Du verarschst mich doch?«, erwiderte Lauren und ihre grünen Augen blickten mir entgeistert über den Rand ihrer Brille entgegen.

Gerade als ich etwas erwidern wollte, betrat jedoch unser Chemielehrer den Klassenraum, und so gab ich ihr nur mit einem Kopfschütteln zu verstehen, dass ich mir keinen Scherz erlaubte. Während der gesamten Stunde warf mir

Lauren immer wieder fragende Blicke zu und ich beschloss, sie gleich nach Unterrichtsende über die Ereignisse der letzten vierundzwanzig Stunden aufzuklären.

»Also?«, wandte sie sich unvermittelt an mich, als endlich der erlösende Pausenton erklang. Ich bedeutete ihr daraufhin mit einer Geste, mir in den Schulkorridor zu folgen, und erzählte ihr in einer ruhigen Ecke detailliert, was sich zugetragen hatte.

»Wie krass ist das denn bitte?« Lauren konnte anscheinend nicht glauben, was sie da gerade von mir gehört hatte, und lehnte sich erst mal perplex gegen eines der Schließfächer.

Sie gehörte neben Amy und Jackson zu meinen engsten und auch einzigen Freunden, daher war es für mich selbstverständlich, sie über die neuesten Vorkommnisse zu informieren. Während ich Amy bereits seit dem Kindergarten kannte, hatte ich Lauren und Jackson erst beim Eintritt in die Middle School kennengelernt. Wir waren damals gemeinsam für eine Gruppenarbeit eingeteilt worden und seitdem quasi unzertrennlich.

Lauren bezeichnete sich selbst als Bücherwurm und sie liebte es, sich stundenlang über Literatur auszutauschen, wohingegen Jackson ein typischer Computernerd war. Wenn wir uns nicht zu gemeinsamen Aktivitäten verabredeten, saß er am liebsten vor seinem PC, um die neuesten Spiele auszuprobieren. Obwohl wir auf eine Weise unterschiedlich waren, ergänzten wir uns wunderbar. Und wir wussten eines ganz genau: Wir konnten uns jederzeit uneingeschränkt aufeinander verlassen.

»Ich kann es auch noch nicht wirklich fassen«, erklärte ich daraufhin mit einem Schulterzucken. Den Part mit dem Hulk behielt ich bewusst für mich, denn auf weitere Lacher konnte ich getrost verzichten. »Aber ich bin froh, dass er keine große Sache daraus machen will. Dann wird vielleicht doch alles beim Alten bleiben.«

Ich hatte mich für die Mittagspause mit Amy verabredet und wartete ungeduldig vor dem Eingang der Mensa auf sie. Es dauerte glücklicherweise nicht lange, da kam sie mir bereits mit eiligen Schritten entgegen.

»Wie war dein Tag bisher?«, wollte sie umgehend von mir wissen, als sie mich erreicht hatte. Ihre Augen musterten mich prüfend, aber ich konnte ihr sogleich Entwarnung geben und sie über meine kurze Unterhaltung mit Gabriel informieren.

»Er hat dich mit deinem Nachnamen angesprochen?«, erkundigte sich Amy skeptisch, aber mir war es ehrlich gesagt egal, wie er mich nannte. Die Hauptsache war, dass er mich in Ruhe lassen würde.

Nachdem wir schließlich die Mensa betreten hatten, reihten wir uns in die Schlange vor der Essensausgabe ein. Während wir warteten, konnte ich Jackson und Lauren bereits am Ende des Speisesaals ausmachen. Sie saßen wie immer an unserem Stammtisch und warteten auf Amy und mich.

Kurze Zeit später durchquerten wir auch schon mit unseren Kantinentabletts den Raum, um uns zu unseren Freunden setzen zu können. Auf halber Strecke stellte sich mir jedoch plötzlich ein Mädchen in den Weg.

»Hi, Sophie! Ich bin Rachel«, eröffnete sie das Gespräch und ihr Lächeln legte den Blick auf ihre strahlend weißen Zähne frei. Eigentlich hätte sie sich überhaupt nicht vorstellen müssen, denn obwohl wir noch nie ein Wort miteinander gewechselt hatten, wusste ich sofort, wer sie war: die Schülersprecherin unserer Highschool und außerdem seit einiger Zeit Gabriels Freundin.

»Ihr Name ist *Sophia* und nicht Sophie«, verbesserte Amy sie von der Seite, bevor ich überhaupt dazu kam, ihr zu antworten.

»Wie auch immer«, entgegnete Rachel schnippisch und bedachte Amy mit einem abschätzigen Blick, bevor sie sich wieder mir zuwandte. »Was hältst du davon, dich zu *uns* zu setzen?«

Mit *uns* meinte sie offensichtlich den Tisch, an welchem sie gemeinsam mit ihren Freundinnen saß. Nicht einmal für eine Million Dollar hätte ich mich freiwillig dort niedergelassen, aber selbstverständlich sagte ich ihr das nicht so offen. Ich kannte sie nicht wirklich, aber hatte ihr Auftreten schon oft beobachtet. Sie gehörten zur High Society unserer Highschool – eine Gesellschaft, der ich ganz sicher nicht angehören wollte, denn sympathisch waren sie und ihre Freundinnen mir nicht.

»Das ist sehr nett, aber ich sitze immer da hinten bei meinen Freunden«, antwortete ich ihr also unbeholfen und deutete mit einem Fingerzeig in die entsprechende Richtung. Mir war die ganze Situation ziemlich unangenehm und außerdem fragte ich mich, was ihr Auftritt bedeuten sollte. Hatte Gabriel seine Freundin beauftragt, nett zu mir zu sein, oder wollte sie mich im Auge behalten, weil sie bereits wusste, dass der Vater ihres Freundes meine Mutter heiraten würde?

»Dann ist es höchste Zeit, das zu ändern, meinst du nicht?« Ihre blauen Augen blickten mir fordernd entgegen und es war offensichtlich, dass sie es nicht gewohnt war, nicht ihren Willen zu bekommen.

»Rachel, ich weiß dein Angebot wirklich zu schätzen, aber ich muss jetzt echt weiter. Sorry.« Ich schenkte ihr noch ein entschuldigendes Lächeln, bevor ich mit schnellen Schritten zu Lauren und Jackson eilte. Dort angekommen stellte ich hastig das Tablett auf den Tisch und ließ mich verwirrt auf einen freien Stuhl fallen.

»Arrogante Barbie-Bitch!«, fauchte Amy, als sie unseren Tisch ebenfalls erreicht hatte. »Aber es war ziemlich cool, wie du sie stehen gelassen hast.«

Es war Amys Art, Personen wie Rachel als Barbie zu bezeichnen. Wenn man sie sich genau ansah, war der Vergleich zugegebenermaßen auch nicht weit hergeholt. Lange blonde Haare, blaue Augen, strahlend weiße Zähne und eine Figur, von der Supermodels träumten. Trotzdem mochte ich es nicht wirklich, wenn jemand aufgrund seines Aussehens bewertet wurde.

»Ich wollte nicht unhöflich zu ihr sein, aber ehrlich gesagt war ich etwas überfordert mit der Situation«, erklärte ich schließlich mit gesenkter Stimme. Als ich einen kurzen Blick zu Rachel und ihren Freundinnen warf, konnte ich sehen, dass sie anscheinend über uns sprachen.

»Kann mich vielleicht mal jemand darüber aufklären, was hier eigentlich los ist?« Jackson musterte uns mit zusammengezogenen Augenbrauen und sah ziemlich irritiert aus. Bisher hatte ich noch keine Zeit gefunden, ihn ebenfalls über alles in Kenntnis zu setzen.

»Gabriel Wright wird Sophias Stiefbruder«, riefen Amy und Lauren gleichzeitig, woraufhin ich erschrocken einen Zeigefinger auf meinen Mund legte, um sie zum Schweigen zu bringen. Immerhin sollte es eigentlich nicht gleich die gesamte Schule erfahren.

Jackson reagierte ähnlich fassungslos wie die beiden, als sie davon erfahren hatten. »Heißt das etwa, dass du mit Gabriel zusammenziehen wirst?«, platzte er auf einmal heraus, woraufhin Amy und Lauren mich ebenfalls mit weit aufgerissenen Augen anstarrten. Natürlich schwirrte mir diese Frage auch schon im Kopf herum, allerdings hatte ich mich bisher wirklich bemüht, sie möglichst weit wegzuschieben.

»Ich weiß noch nicht, wie es weitergehen wird«, gab ich ehrlich zu, während ich nur mühsam ein Seufzen unterdrücken konnte. »Gestern Abend war ich zu aufgewühlt, um mit meiner Mom über unsere Zukunft zu sprechen, aber ihr könnt mir glauben, dass mir der Gedanke eine schlaflose Nacht bereitet hat.«

Meine Freunde nickten verständnisvoll und schienen anscheinend verstanden zu haben, dass ich an dieser Stelle nicht weiter über meine Situation spekulieren wollte.

Lauren war glücklicherweise so einfühlsam, das Thema zu wechseln. »Habt ihr schon mitbekommen, dass das Planungskomitee das Ziel für die diesjährige Senior-Fahrt bekanntgegeben hat?« Sie rutschte unruhig auf ihrem Stuhl hin und her, während sie auf eine Reaktion von uns wartete.

»Noch nicht«, antwortete ich wahrheitsgemäß und in diesem Moment wurde mir bewusst, dass ich dieses Thema komplett verdrängt hatte. Im Augenblick hatte ich andere Dinge in meinem Kopf und keine Zeit, mich mit solchen Nebensächlichkeiten auseinanderzusetzen.

»Es ist New York geworden«, verkündete Lauren daraufhin und klatschte aufgeregt in die Hände. Einen kurzen Moment beneidete ich sie um ihren Enthusiasmus, setzte aber trotzdem ein freundliches Lächeln auf. Ich wusste nämlich, dass das ihr absolutes Wunschziel gewesen war.

»Das heißt, wir müssen bald einen Artikel über New York und die möglichen Ausflugsziele verfassen. Wenn wir das gut machen, wird das Planungskomitee unsere Vorschläge für die Abschlussfahrt übernehmen, was wiederum sehr gut bei Mr Porter ankommen wird«, ergänzte sie noch mit einem vielsagenden Blick in meine Richtung.

Natürlich wusste ich, was sie damit meinte: Ich war diejenige, die von uns allen am meisten auf ein Empfehlungsschreiben für die Collegebewerbung angewiesen war.

»Ich werde den Artikel vorbereiten«, stimmte ich schließlich zu, obwohl ich insgeheim nicht mehr sicher war, ob ich überhaupt an der Abschlussfahrt teilnehmen wollte. Mich beschäftigte hauptsächlich die Ungewissheit, in welcher ich mich befand. Seit der Trennung meiner Eltern hatte ich ziemlich lange gebraucht, mich an das Fehlen meines Vaters zu gewöhnen. Nun hatte ich gerade das Gefühl, mich mit der Situation mit meiner Mom arrangiert zu haben, als mir schon wieder eine einschneidende Änderung präsentiert wurde. Ich fühlte mich irgendwie ausgebrannt, die Angst vor dem Ungewissen und gleichzeitig die Erkenntnis, vollkommen ausgeliefert zu sein, überforderten mich. Im Moment war mir einfach alles ein wenig zu viel.

7. Überraschung

Als ich am Nachmittag endlich zu Hause ankam, stellte ich verwundert fest, dass ein mir unbekanntes Auto in unserer Einfahrt geparkt hatte. Zögerlich passierte ich das Fahrzeug und betrachtete es misstrauisch. Handelte es sich etwa um den Wagen von Robert? Allein die Vermutung führte augenblicklich dazu, dass sich mein Magen unangenehm zusammenzog. Würde mir nun verkündet werden, wie sie sich die gemeinsame Zukunft vorstellten?

Fast schon trotzig wandte ich den Blick von dem Fahrzeug ab und setzte meinen Weg zu unserem Haus fort.

»Sophia? Kommst du mal bitte ins Wohnzimmer?«, begrüßte mich meine Mom, als ich gerade die Haustür aufschloss, und ich ahnte bereits, dass sich meine Befürchtung bewahrheiten würde. Nervös legte ich meine Tasche auf dem Treppenabsatz ab und leistete anschließend widerwillig der Bitte Folge.

Wie schon erwartet, war Robert tatsächlich anwesend. Als ich den Wohnbereich betrat, erhob er sich sogleich von unserem Sofa und lächelte mich freundlich an. »Ich muss mich wirklich bei dir entschuldigen. Es war ungeschickt, dich gestern so zu überfallen. Meinst du, wir können noch mal von vorne anfangen?«

»Ähm … Ich denke schon«, erwiderte ich nach einem kurzen Zögern und blickte schließlich nickend von Robert zu meiner Mom. Erst hatte ich in Erwägung gezogen, mich für mein Verhalten zu entschuldigen, aber ich wollte keine Entschuldigung aussprechen, die ich nicht ernst meinte. Ganz davon abgesehen, dass ihm wohl ebenfalls bewusst sein musste, wie unglücklich die von ihnen geplante Familienzusammenführung abgelaufen war.

»Das freut mich sehr«, gab Robert sichtlich erleichtert zurück. Er nahm wieder auf der Couch Platz und bedeutete mir mit einem Handzeichen, dass ich mich zu ihm und meiner Mom setzen sollte. »Es gibt noch etwas, was wir sehr gerne mit dir besprechen würden.«

Ich ließ mich angespannt auf das weiche Polster sinken und signalisierte ihnen, dass sie mit der Sprache rausrücken sollten, während ich automatisch begann, nervös meine Finger zu kneten. Was für eine Hiobsbotschaft würde mich nun wieder erwarten?

»Es geht um die Wohnsituation«, ergriff nun meine Mom das Wort, während sie einfühlsam meinen Blick suchte. »Robert und ich würden gerne einen gemeinsamen Haushalt gründen, wie du dir sehr wahrscheinlich vorstellen kannst, aber wir möchten die Tatsache gerne mit dir gemeinsam bereden.«

Obwohl ich mit dieser Art der Unterhaltung gerechnet hatte, stellten sich unweigerlich die feinen Härchen in meinem Nacken auf.

»Darf ich im Vorfeld etwas sagen?«, wandte ich vorsichtig ein. Immerhin hatte Mom angemerkt, diese Unterhaltung *gemeinsam* mit mir zu führen, und ich wollte etwas Entscheidendes loswerden, bevor sie mir ihre Pläne offenbarten.

»Selbstverständlich!« Robert ermutigte mich mit einer einladenden Geste dazu, mein Anliegen vorzutragen, was ich mit einem dankbaren Nicken quittierte.

»Ich möchte auf keinen Fall aus diesem Haus ausziehen. Es hängen sämtliche Erinnerungen an die Zeit mit meinem Dad in diesen vier Wänden und ich bin nicht bereit, meine Wurzeln einfach so zurückzulassen.«

»Das haben wir uns gedacht und deshalb werden wir auch nicht zu Robert ziehen«, erklärte meine Mom überraschenderweise und griff vorsichtig nach meiner Hand, um sie zu drücken. »Allerdings bedeutet diese Tatsache im Umkehrschluss natürlich, dass Robert zu uns ziehen wird. Gabe wird wohl hauptsächlich bei seiner Mutter wohnen, aber wir richten ihm natürlich ebenfalls ein Zimmer hier ein. Das ehemalige Arbeitszimmer deines Vaters wird aktuell eh nur als Abstellraum genutzt.«

Ich bestätigte mein Zustimmen sogleich mit einem heftigen Nicken. Nicht nur, dass ich tatsächlich in meiner gewohnten Umgebung bleiben konnte, sondern auch die Tatsache, nicht mit Gabriel unter einem Dach leben zu müssen, ließ einen großen Teil meiner Sorgen von mir abfallen. Auch wenn er eine Art *Gästezimmer* bekommen würde, rechnete ich nicht damit, ihn wirklich oft hier anzutreffen. Immerhin lag sein Lebensmittelpunkt weiterhin bei seiner Mom und so konnte ich ihm weitestgehend aus dem Weg gehen. Hinzu kam noch die Tatsache, dass ich lediglich das letzte Jahr der Highschool hinter mich bringen musste und anschließend sowieso die Stadt verlassen würde, um irgendwo weit weg ein Studium aufzunehmen. Spätestens dann wäre Gabriel endgültig Geschichte für mich.

»Ich bin absolut einverstanden«, antwortete ich also abschließend und konnte anhand der überraschten Gesichter von Robert und Mom sehen, dass sie anscheinend mit mehr Widerstand gerechnet hatten.

»Wirklich?«, vergewisserte sich meine Mutter verblüfft und zog mich in eine dankbare Umarmung.

»Wenn du mich nicht sofort loslässt, überlege ich es mir vielleicht doch noch anders«, kommentierte ich scherzhaft ihren Überfall auf mich, woraufhin sie von mir abließ und mit ihren Lippen ein stilles *Danke* formte.

Der nächste Schultag verlief glücklicherweise genauso unauffällig wie der Tag davor. Ich sah Gabriel lediglich einmal kurz auf dem Schulkorridor, als er mit seinen Jungs auf dem Weg zum Footballtraining war. Allerdings schenkte er mir keinerlei Beachtung, was mich augenblicklich erleichtert aufatmen ließ.

»Ich freue mich wirklich, dass du bei den Schwimmern aufgenommen wurdest«, richtete ich das Wort an Amy, nachdem wir den letzten Kurs hinter uns gebracht hatten. Wir waren gerade dabei, ihren Spind aufzusuchen, damit sie ihre Trainingssachen holen konnte.

»Danke, das ist wirklich lieb von dir und bedeutet mir sehr viel«, entgegnete sie mit einem aufrichtigen Lächeln, während sie die Sporttasche über ihre Schulter schmiss und ihren Spind wieder verschloss. »Die Journalismus-AG wird auch ohne mich laufen, davon bin ich überzeugt.«

Wir liefen noch ein Stück gemeinsam den Korridor entlang, bis Amy sich schließlich mit einer Umarmung von mir verabschiedete. Das Trainingsbecken unserer Highschool befand sich im Kellergeschoss und so blieb ich noch kurz am Treppenabsatz stehen, um meiner Freundin nachzusehen, bis sie auf der unteren Etage angekommen war. Anschließend machte ich mich gut gelaunt auf den Weg zu unserem Clubraum, da ich dort mit Jackson und Lauren an einem Artikel über die geplante Abschlussfahrt arbeiten wollte.

Ich hatte mein Ziel fast erreicht, als Rachel plötzlich meinen Weg kreuzte. Ich konnte bereits aus der Entfernung erkennen, dass sie ziemlich wütend zu sein schien, und so beschloss ich, möglichst unauffällig in eine andere Richtung zu sehen. Immerhin hatte ich sie in der Mensa einfach stehen lassen und ich konnte mir denken, dass sie aktuell wohl nicht sonderlich gut auf mich zu sprechen war.

Sie setzte ihren Weg jedoch unbeirrt fort und ich war froh darüber, von ihr ignoriert worden zu sein. Ihr Verhalten in der Mensa war bereits unangenehm gewesen, da wollte ich mir lieber nicht vorstellen, wie sie in aufgebrachtem Zustand sein mochte.

Gerade als ich die Tür zu unserem Clubraum öffnen wollte, trat Jackson eilig aus dem Raum. Er schloss hektisch die Tür hinter sich und zog mich mit einer schnellen Bewegung zur Seite.

»Was ist denn mit dir los?«, wollte ich irritiert von ihm wissen und musterte ihn skeptisch. Normalerweise war Jackson die Ruhe in Person, aber irgendwas schien ihn aufgeschreckt zu haben.

»Wir haben einen Bewerber für unseren Club«, brachte er schließlich flüsternd hervor und zupfte nervös am Ärmel seiner Jacke.

»Das ist doch gut. Oder nicht?« Ich verstand überhaupt nicht, wo sein Problem lag. Immerhin konnten wir über jede Unterstützung froh sein.

»Am besten machst du dir selbst ein Bild. Aber sag hinterher nicht, ich hätte dich nicht gewarnt«, entgegnete er daraufhin geheimnisvoll und deutete anschließend mit seinem Kinn in Richtung der geschlossenen Tür. Er konnte manchmal wirklich theatralisch sein.

Kopfschüttelnd legte ich meine Finger um die Klinke und drückte die Tür auf. Noch bevor ich einen Fuß in den Raum setzen konnte, wurde mir schlagartig bewusst, was Jackson so verstört hatte. Gabriel hatte sich auf einem der Stühle niedergelassen und seine Collegejacke wie selbstverständlich über die Lehne gehangen. Er war gerade dabei, etwas auf einem Notizblock zu notieren, als er mich bemerkte und sich mit einem Grinsen zu mir wandte.

»Hey, Turner, was geht?«

8. Hochverrat

Mein erster Impuls war, erneut die Flucht ergreifen zu wollen, aber dieses Mal kämpfte ich erfolgreich gegen diesen Instinkt an. Ich war zwar introvertiert, aber nicht naiv, und ich erkannte, dass ich Gabriel nicht ewig aus dem Weg gehen konnte.

»Was soll das werden?«, hörte ich mich plötzlich laut sagen, während ich auf ihn zusteuerte und erst kurz vor seinem Stuhl stoppte. Der Club war mein Terrain und das würde ich ihm nun mit allen Mitteln verdeutlichen.

»Ich habe eure Ausschreibung auf dem Schwarzen Brett gesehen. Ihr sucht doch nach einem neuen Mitglied, oder nicht?« Gabriel hatte den Stift zur Seite gelegt und seine braunen Augen blickten mir fragend entgegen.

»Mag sein, aber ich glaube nicht, dass du der Richtige für uns bist, und außerdem kaufe ich dir dein Interesse nicht ab«, entgegnete ich entschieden und verschränkte abweisend meine Arme vor der Brust. Er konnte doch nicht ernsthaft annehmen, von mir mit offenen Armen empfangen zu werden.

»Soll ich es dir vielleicht beweisen?« Gabriel lehnte sich amüsiert gegen die Lehne seines Stuhles und musterte mich kampflustig. Anscheinend hatte er nicht vor, sich so einfach vertreiben zu lassen, aber seine Bemerkung brachte mich auf eine Idee.

»Du hast bis morgen Zeit, einen Artikel zu verfassen. Der Artikel muss komplett ausgearbeitet sein und mögliche Ausflugsziele in New York enthalten.« Ich grinste ihm triumphierend entgegen, da ich ahnte, dass er sich wahrscheinlich nicht die Mühe machen würde, Recherche zu betreiben. Sollte er dennoch einen Artikel abgeben, konnte ich vielleicht ein paar Ideen von ihm für meinen eigenen Artikel übernehmen – wovon er dann sowieso nichts mehr mitbekommen würde, da ich seinen Einstieg in unseren Club mit allen Mitteln verhindern würde.

»Das ist kein Problem für mich. Der Artikel wird dich umhauen.« Gabriel hatte sich bereits erhoben und seine Jacke locker über die Schulter gehängt. Selbst jetzt strotzte er nur so vor Selbstbewusstsein und am liebsten hätte ich ihm auf der Stelle Hausverbot erteilt. Allerdings fehlten mir dazu leider die Möglichkeiten, da grundsätzlich jeder Schüler ein Anrecht auf Beteiligung an den vorhandenen AGs hatte und ich keinen Ärger mit Mr Porter riskieren wollte.

»Wir sehen uns dann morgen, Turner.«

Ich antwortete ihm nicht, sondern verdrehte nur genervt meine Augen und war einfach froh, ihn zumindest für heute los zu sein. Allerdings fragte ich mich wirklich, was er für ein Spiel spielte. Es musste doch eigentlich auch in seinem Interesse sein, eine gewisse Distanz zu mir zu halten.

»Das war echt krass«, meldete sich nun auch Jackson zu Wort, als Gabriel endlich außer Hörweite war. Er hatte die gesamte Zeit über nur im Türrahmen gestanden und nicht den Mut gehabt, sich ebenfalls gegen unseren ungebetenen Gast zu stellen.

»Es wäre ziemlich nett von dir gewesen, wenn du mir geholfen hättest. Ich weiß nicht, was Gabriel vorhat, aber ich traue ihm definitiv nicht über den Weg«, erwiderte ich nachdenklich und versuchte immer noch, mir einen Reim auf sein

Verhalten zu machen. Ein Teil von mir hoffte sogar, dass er sich gar nicht erst die Mühe machen würde, einen entsprechenden Artikel zu verfassen.

»Sorry, ich wusste echt nicht, was ich dazu sagen soll. Außerdem ist er ja sozusagen dein Stiefbruder und in Familienangelegenheiten mische ich mich lieber nicht ein«, gab Jackson scherzhaft zurück, aber hob gleich im Anschluss entschuldigend beide Hände. Mir war eigentlich überhaupt nicht zum Lachen zumute, weshalb ich seine Aussage nur mit einem lauten Schnaufen quittierte.

Ein paar Minuten später kam schließlich auch Lauren hinzu und wir berichteten ihr von unserem Bewerber. Sie war genauso fassungslos wie wir, aber wir beschlossen einheitlich, Gabriels Auftritt nicht so viel Bedeutung beizumessen und uns stattdessen endlich an die Arbeit für den nächsten Artikel zu begeben.

Der nächste Tag kam schneller, als mir lieb war, und ich hoffte noch immer inständig, Gabriel würde nicht in unserem Club erscheinen. Den Gefallen tat er mir natürlich nicht, denn er spazierte pünktlich nach Unterrichtsschluss zur Tür herein.

»Hier.« Er hielt ein Dokument in die Luft, während er gezielt auf mich zukam und es mir mit einem triumphierenden Lächeln in die Hand drückte.

»Okay«, antwortete ich skeptisch und überflog die zweiseitige Ausarbeitung. Auf den ersten Blick schien er tatsächlich einige relevante Punkte eingebracht zu haben, und ich konnte nicht fassen, dass er es wirklich in der kurzen Zeit zustande gebracht hatte. Die Recherchearbeit war schließlich nicht zu unterschätzen und beanspruchte in der Regel einige Zeit. »Wir werden deinen Artikel gleich in Ruhe lesen und dir anschließend eine Rückmeldung geben.«

»Ich bin in einer halben Stunde wieder da«, erklärte Gabriel daraufhin schulterzuckend, ohne danach zu fragen, ob uns diese Zeitangabe überhaupt recht war. Nachdem er gegangen war, schloss ich genervt die Tür hinter ihm und nahm anschließend auf einem der Stühle Platz.

»Er scheint sich wirklich Mühe gegeben zu haben«, merkte Lauren vorsichtig an, nachdem wir seine Ausarbeitung mehrfach gelesen hatten. Ich warf ihr augenblicklich einen bösen Blick zu, woraufhin sie sich hinter ihren Händen versteckte.

»Ich finde den Artikel auch gar nicht so schlecht.« Jackson räusperte sich verlegen und begann, auf seinem Stuhl hin und her zu rutschen, während er es vermied, mir in die Augen zu sehen.

Gerade als ich im Begriff war, meinen Freunden gehörig die Meinung zu geigen, flog auch schon die Tür auf und Gabriel kam herein. Er ging direkt auf uns zu, zog einen freien Stuhl hervor, setzte sich rittlings auf ihn und verschränkte die Arme auf der Lehne. Sein weißes Shirt spannte in dieser Position leicht an seinen muskulösen Oberarmen, was mich, im Gegensatz zu Lauren, jedoch überhaupt nicht interessierte. Ich verpasste ihr unter dem Tisch einen unauffälligen Tritt, woraufhin sie peinlich berührt aufhörte, Gabriel anzustarren.

»Und? Bin ich dabei oder bin ich dabei?«, fragte er siegessicher, während er erneut sein überhebliches Grinsen aufsetzte. Auch wenn er mich immer noch einschüchterte, musste ich ihm dringend die Stirn bieten. Das wurde mir mit jeder Begegnung mehr bewusst und langsam schaffte ich es tatsächlich, mein Vorhaben in die Tat umzusetzen.

»Tut mir leid, Gabriel. Aber dein Artikel hat uns leider nicht überzeugt«, antwortete ich so selbstsicher, wie es mir möglich war. Ich hoffte nur, er würde das leichte Zittern in meiner Stimme nicht bemerken.

»Ach, wirklich? Seht ihr das genauso?«, erwiderte er wenig beeindruckt und wandte sich stattdessen meinen Freunden zu. Sein Blick blieb an Lauren hängen und mir klappte die Kinnlade herunter, als ich bemerkte, *wie* er sie ansah. Dieser manipulative Typ hatte doch tatsächlich einen, seiner Meinung nach wahrscheinlich unwiderstehlichen, Hundeblick aufgesetzt.

»Ähm ... Also ...«, stotterte sie drauflos und schob unsicher ihre Brille nach oben, während sie nach Worten rang und mich hilfesuchend anstarrte. Ich signalisierte ihr mit meinen Augen, dass sie nun endlich meine Antwort bestätigen sollte, aber sie bekam einfach keinen Satz heraus.

»Sieht so aus, als wärt ihr euch nicht einig, hm?«, grinste Gabriel mir daraufhin erhaben ins Gesicht. »Ich habe einen Vorschlag! Ihr stimmt über meinen Verbleib ab. Wer meinen Artikel gut genug findet, hebt jetzt die Hand.«

In diesem Moment lachte ich mir bereits optimistisch ins Fäustchen. Wie konnte er nur davon ausgehen, dass sich meine Freunde gegen mich stellen würden?

Genau in diesem Augenblick vernahm ich aus dem Augenwinkel eine zaghafte Bewegung. Als ich hinsah, traute ich meinen Augen nicht: Lauren und Jackson hoben verschämt ihre Hände in die Luft und stimmten tatsächlich für Gabriel und seinen Artikel.

Wie konnten sie mir das nur antun? Fassungslos sah ich die beiden an und wusste nicht, ob ich lachen oder weinen sollte.

»Tja, Turner. Sieht so aus, als würden wir uns jetzt öfter sehen«, kommentierte Gabriel zufrieden den Hochverrat von Lauren und Jackson.

Ich konnte ihn daraufhin nur wütend anfunkeln. »Das wird dir noch leidtun, *Wright*!«

9. Alles nur ein Traum?

»Das haben sie nicht wirklich gemacht, oder?«, wollte Amy entsetzt von mir wissen, als ich sie nach dem Schwimmtraining über die Vorkommnisse im Journalismus-Club aufgeklärt hatte. Wir befanden uns noch immer vor dem Zugang zu den Umkleidekabinen, denn ich hatte dort auf sie gewartet. Bisher waren wir nicht dazu gekommen, unseren Weg fortzusetzen.

»Wenn ich es dir doch sage«, erwiderte ich seufzend und ließ betrübt die Schultern hängen. Jackson und Lauren hatten ihre Entscheidung damit begründet, im Sinne des Clubs zu agieren. Außerdem waren sie der Meinung, dass jeder eine faire Chance bekommen sollte.

»Ich werde denen richtig den Arsch aufreißen, darauf kannst du dich verlassen!« Amy drehte sich ihre noch nassen aschblonden Haare zu einem halbherzigen Dutt und sprintete plötzlich entschlossen in Richtung des Treppenaufgangs. »Worauf wartest du? Komm schon!«

Ich blickte ihr einen Moment verdutzt hinterher, bevor ich begriff, dass sie anscheinend vorhatte, unsere Freunde zur Rede zu stellen. »Warte mal! Ich glaube, das hat keinen Sinn und macht die ganze Sache nur noch schlimmer!«, rief ich ihr panisch hinterher, während ich eilig zu ihr aufschloss und sie am Ärmel ihrer Jacke festhielt.

»Willst du etwa zulassen, dass sich dieser Wright wie ein schleichendes Gift in jedem Lebensbereich von dir ausbreitet? Er macht sich doch einen Spaß daraus, dich wie einen Trottel dastehen zu lassen!«, schnaubte mir Amy aufgebracht entgegen. Sie war schon immer recht impulsiv gewesen und hatte uns bereits so manches Mal mit ihrem losen Mundwerk in unangenehme Situationen gebracht.

»Ich finde das auch ziemlich beschissen, das kannst du mir glauben! Aber wir dürfen nicht zulassen, dass Gabriel einen Keil zwischen uns vier treibt.« Auch wenn ich im Moment ziemlich wütend auf Lauren und Jackson war, konnte ich ihre Entscheidung insgeheim nachvollziehen. Es gab immerhin keine anderen Bewerber und sie hatten Angst, unser Club würde aussterben. Um die von uns angestrebten Empfehlungsschreiben zu bekommen, konnte es tatsächlich nicht schaden, auf weitere Unterstützung zurückgreifen zu können. Außerdem war der Artikel von Gabriel wirklich nicht schlecht, was ich jedoch niemals freiwillig zugeben würde.

»Also gut! Wie du meinst«, entgegnete Amy schließlich, woraufhin ich erleichtert aufatmete. Das Letzte, was ich in meiner aktuellen Situation gebrauchen konnte, war noch mehr Drama.

Wir verließen daraufhin endlich das Schulgebäude und überquerten gerade den Parkplatz, als plötzlich ein mir nur allzu bekannter schwarzer SUV in Schrittgeschwindigkeit neben uns herfuhr. Mit einem leisen Surren ließ Gabriel sein Fenster herunter, bevor er sich leicht aus der Öffnung lehnte. »Hey, Turner! Ich wollte gerade eh kurz bei meinem Dad vorbei. Soll ich dich vielleicht mitnehmen? Als kleines Friedensangebot?«

»Verpiss dich, du Idiot!«, fauchte Amy ihm bereits entgegen, während ich ihn noch mit offener Kinnlade anstarrte. Er ignorierte ihre Anmerkung jedoch und wartete stattdessen auf eine Reaktion von mir.

»Nein danke! Ich nehme den Bus«, antwortete ich kühl, nachdem ich meine Fassung wiedererlangt hatte. Was bildete sich dieser Kerl bloß ein?

»Alles klar. Wir sehen uns dann bei dir«, merkte Gabriel noch grinsend an, bevor er sein Fenster wieder hochfuhr und seinen Wagen von dem mittlerweile bereits ziemlich geleerten Parkplatz auf die Straße lenkte.

Die Tatsache, dass sich Gabriel gleich in meinem Haus aufhalten würde, bereitete mir die gesamte Busfahrt über Bauchschmerzen. Amy hatte mir zwar angeboten, mit zu ihr fahren zu können, aber ich wollte mich nicht von diesem Angeber vertreiben lassen.

Als ich schließlich an der Ellwood Ave ausstieg, war ich mir jedoch nicht mehr so sicher, ihm tatsächlich die Stirn bieten zu können. Mit langsamen Schritten schlich ich die Straße entlang und erkannte schon von Weitem den schwarzen SUV, welcher wie selbstverständlich in unserer Einfahrt geparkt war.

Vor der Haustür stellte ich meinen Rucksack auf die Veranda, um im Inneren nach meinem Schlüsselbund suchen zu können. In diesem Moment öffnete sich bereits die Tür und Gabriel lehnte sich lässig gegen den Türrahmen.

Daraufhin nahm ich genervt meinen Rucksack wieder an mich und wollte mich wortlos an ihm vorbeibewegen, als er plötzlich mit seiner Hand mein Handgelenk umschloss. Sein Griff war nicht besonders fest, aber trotzdem sorgte die unerwartete Berührung dafür, dass sich eine Gänsehaut auf meinem Arm bildete.

»Können wir kurz reden?«, forderte er und seine Stimme klang dieses Mal zu meiner großen Verwunderung überhaupt nicht überheblich.

»Okay«, antwortete ich leicht überfordert und verfluchte das erneute Zittern in meiner Stimme. Er schaffte es einfach jedes Mal, mich aus dem Konzept zu bringen.

»Lass uns im Auto sprechen. Es muss ja nicht jeder mithören.« Er deutete vielsagend mit dem Kinn über seine Schulter in Richtung des Wohnbereichs und ich konnte mir denken, dass er mit seinen Worten meine Mom und seinen Dad meinte.

Zögerlich stimmte ich zu, woraufhin er leise die Tür schloss und sich augenblicklich auf sein Fahrzeug zubewegte. Mit seiner Fernbedienung entriegelte er den Wagen und öffnete mir wie selbstverständlich die Beifahrertür.

»Was willst du?«, wandte ich mich unverzüglich an ihn, nachdem er ebenfalls in seinem Auto Platz genommen hatte. Meine Frage klang schroffer als beabsichtigt, aber vielleicht war das gar nicht verkehrt.

»Pass auf, Turner. Wir haben uns die Situation nicht ausgesucht, aber es liegt an uns, das Beste daraus zu machen, oder?« Gabriels Stirn war in Falten gelegt und sein Blick aus dem Fenster gerichtet.

»Dich derart in mein Leben einzumischen, nennst du also *das Beste*?«, platzte es aus mir heraus und ich funkelte ihn wütend an. Dachte er wirklich, ich würde das einfach so hinnehmen?

»Was ist denn verkehrt daran, wenn wir etwas Zeit miteinander verbringen? Immerhin werden wir uns in Zukunft sowieso öfter sehen, auch wenn dir das nicht gefällt.« Er hob die Schultern und drehte seinen Kopf zu mir, um meine Reaktion auf seine Worte sehen zu können. Durch die kurze Distanz zwischen uns bemerkte ich das erste Mal, wie besonders seine Augen aussahen. Sie waren hellbraun und jeweils von einem sehr dunklen Rand umgeben, was einen außergewöhnlichen Kontrast darstellte.

»Turner?« Gabriel musterte mich mit hochgezogener Augenbraue und ein süffisantes Grinsen umspielte seine Lippen.

Natürlich war ihm mein Blick nicht verborgen geblieben, was automatisch eine Hitzewallung in meinem Körper auslöste.

»Nenn mich nicht immer so. Merkst du nicht, dass das total dämlich ist?«, ging ich in Verteidigungshaltung und hoffte so, die unangenehme Situation überspielen zu können. »Mein Name ist Sophia, falls dir das noch niemand gesagt hat.«

»Also gut, *Sophia*«, begann er, wobei er meinen Namen extra betonte, »gibst du mir eine Chance zu beweisen, dass ich nicht der Arsch bin, für den du mich hältst?«

Einen kurzen Augenblick nahm ich an, jeden Moment aufzuwachen. Aber es war kein Traum. Ich saß tatsächlich mit Gabriel Wright in seinem Auto und er versuchte anscheinend, sich mit mir anzufreunden.

10. Recherche-Skills

So ganz traute ich dem Braten nicht, denn es passte einfach nicht in das Bild, welches ich von Gabriel hatte. Trotzdem hatte ich widerwillig zugestimmt, ihm wenigstens eine Chance zu geben und seine Anwesenheit im Journalismus-Club zu tolerieren.

Nachdem ich seinen Wagen verlassen hatte, war ich direkt ins Haus gegangen, während Gabriel sich auf den Weg zum Footballtraining gemacht hatte.

»Hallo, Sophia«, begrüßte mich Robert freundlich, als ich den Hausflur betrat. Er war gerade dabei, einen Koffer auszupacken, was mir erneut deutlich vor Augen führte, wie drastisch sich mein Leben gerade veränderte.

»Hi«, antwortete ich ihm so höflich wie möglich und rang mir ein Lächeln ab. Robert war nett, keine Frage. Aber ich brauchte definitiv noch Zeit, um mich an die neuen Umstände zu gewöhnen. Ich nuschelte eine Entschuldigung und begab mich anschließend so schnell wie möglich ins erste Obergeschoss, wo ich mich in mein Zimmer zurückzog.

Mein Raum lag am Ende des Flures und war das größte Zimmer auf der Etage. Das zweite Zimmer befand sich direkt am Treppenaufgang und war zwar etwas kleiner, dafür aber nicht weniger gut geschnitten. Es war das Arbeitszimmer meines Vaters gewesen und ich wurde noch immer ein bisschen wehmütig, wenn ich daran dachte, dass es zu Gabriels Zimmer umfunktioniert werden sollte. Ich fragte mich, ob Dad überhaupt schon etwas von der Verlobung wusste. Spätestens bei unserem nächsten Telefonat würde dieses Thema ganz sicher aufkommen.

Unsere beiden Zimmer grenzten an das großzügige Badezimmer und konnten jeweils von dort aus betreten werden. Allerdings war das Badezimmer auch zu den Zeiten, als mein Vater noch präsent gewesen war, ausschließlich von mir genutzt worden. Amy war sogar so begeistert von meinem eigenen Bad gewesen, dass sie ebenfalls schon das ein oder andere Mal hier duschen gewesen war, nachdem sie bei mir übernachtet hatte.

In meinem Zimmer angekommen, ließ ich mich rückwärts auf mein Bett fallen und starrte einen Moment die Leuchtsterne an, welche schon einige Jahre an meiner Decke hingen, aber mittlerweile im Dunkeln kaum noch Leuchtkraft vorweisen konnten. Mein Dad hatte sie angebracht, als ich noch ziemlich jung gewesen war. Erst das Vibrieren meines Smartphones riss mich aus meinen Gedanken und ich zog es mit einer schnellen Bewegung aus der vorderen Tasche meiner Jeans.

Eine neue Nachricht von Amy.

Alles okay bei dir? Ist der Penner noch bei euch zu Hause?

Ich beschloss, sie kurz via FaceTime anzurufen, um sie über das Gespräch mit Gabriel aufzuklären. Es dauerte keine zwei Sekunden, da hatte sie das Telefonat auch schon entgegengenommen und ihr Gesicht erschien auf meinem Display.

»Du traust ihm doch nicht wirklich, oder?«, vergewisserte sich meine Freundin skeptisch, nachdem ich ihr die komplette Unterhaltung im O-Ton wiedergegeben hatte. Ihr Gesicht war zu einer angeekelten Fratze verzogen und es war offensichtlich, dass Gabriel bei ihr keine Sympathiepunkte gewinnen konnte.

»Nein, natürlich nicht, aber ich muss mich irgendwie mit der Situation arrangieren«, seufzte ich resigniert und drehte eine kleine Haarsträhne zwischen meinen Fingern. Es war immerhin keine Alternative, das letzte Jahr an der Highschool mit einem Kleinkrieg gegen Gabriel zu vergeuden. Ganz zu schweigen von den Auswirkungen, die es auf mein Privatleben haben würde.

Der letzte Schultag der Woche lag hinter mir und ich freute mich auf ein entspanntes Wochenende. Es waren angenehme Tage in der Schule gewesen und ich schöpfte erneut Hoffnung, vielleicht doch *normal* weiterleben zu können. Ich war mittlerweile ziemlich gut darin, Gabriel in der Schule aus dem Weg zu gehen und auf diese Weise erst gar nicht in unangenehme Situationen zu geraten. Seine Freundin Rachel war mir den Rest der Woche sogar überhaupt nicht mehr über den Weg gelaufen und ich fragte mich, ob sie womöglich krank war. Aber eigentlich interessierte es mich auch nicht wirklich, denn ich war einfach froh, meine Ruhe zu haben.

Außerdem hatte ich es am Vorabend endlich mal wieder geschafft, mit meinem Dad zu telefonieren. Er schien über die Hochzeitspläne ebenso überrascht gewesen zu sein, wie ich es war. Allerdings zeigte er sich verständnisvoll, was die Verlobung meiner Mom anbelangte. Er versuchte stets, überall das Positive zu sehen, so war es schon immer gewesen.

Während ich aus dem Schulbus stieg, ging ich in Gedanken meine Pläne für das kommende Wochenende durch. Ich hatte mir in der Schulbibliothek einige Bücher ausgeliehen und würde an einem Artikel für den Journalismus-Club arbeiten. Mr Porter erwartete zeitnah einen Zwischenstand über die nächsten geplanten Artikel unserer AG, weshalb ich eine gesonderte Ausarbeitung vornehmen musste. Außerdem war ich für Samstagabend mit Amy im Kino verabredet. Leider würden Lauren und Jackson nicht mitkommen können, da sie für ein anstehendes Referat lernen mussten. Allerdings hatten wir schon fest vereinbart, einen gemeinsamen Kinobesuch zu viert nachzuholen. Amy bestand darauf, irgendeinen Horrorfilm anzusehen, was eigentlich überhaupt nicht mein Genre war. Obwohl ich nicht von dem Film überzeugt war, hatte ich mich schließlich einverstanden erklärt.

Als mein Haus in Sichtweite kam, stoppte ich augenblicklich in meiner Bewegung. Gabriels Wagen parkte nämlich mal wieder in unserer Einfahrt. Allerdings stand dieses Mal der Kofferraum offen, woraufhin ich vermutete, dass er seinem Vater wahrscheinlich ein paar Dinge vorbeibrachte. Es war niemand zu sehen, aber ich musste zugeben, dass mich die Situation ziemlich nervte. Warum konnte ich nicht einfach meine Ruhe haben? Ich beschloss, trotzdem eine freundliche Miene aufzusetzen, während ich die letzten Meter in Richtung unserer Einfahrt zurücklegte.

Im Vorbeigehen warf ich einen unauffälligen Blick in den noch immer geöffneten Kofferraum und fühlte mich im ersten Moment in meiner Vermutung bestätigt, da sich offensichtlich Reisegepäck darin befand. Bei genauerer Betrachtung stellte ich jedoch irritiert fest, dass eine der beiden Reisetaschen mir gehörte.

»Hey, Turner, da bist du ja«, begrüßte mich Gabriel, während er die Stufen an unserem Haus herunterjoggte und erst an seinem Auto zum Stehen kam. Seine plötzliche Ansprache hatte mich zusammenzucken lassen und ich fühlte mich ertappt.

»Ähm … hi«, antwortete ich noch immer verwirrt und konnte nur schwer den Blick von meiner Tasche in seinem Kofferraum lösen. »Was machst du mit meiner Reisetasche?«, schob ich also nach und musterte ihn mit zusammengekniffenen Augen, während ich auf eine Erklärung von ihm wartete.

»Dir war mein Artikel über New York nicht gut genug und da habe ich mir überlegt, wir könnten einen spontanen Trip machen. Ich habe eine Unterhaltung zwischen dir und deiner Freundin mitbekommen und weiß, dass du einen eigenen Artikel über New York verfassen willst, weil du auf ein Empfehlungsschreiben von Mr Porter hoffst. Was gibt es dann Besseres als Vor-Ort-Recherche? Du könntest dir alle möglichen Ausflugsziele ansehen und dann überlegen, welche du in dem Artikel vorschlagen möchtest.« Gabriel lehnte lässig an seinem Wagen und tat so, als wäre sein Angebot das Normalste der Welt.

»Du denkst, ich würde mit dir nach New York fahren?«, brachte ich schließlich perplex hervor und konnte nicht glauben, was ich da gerade gehört hatte. Ganz davon abgesehen, dass er mich anscheinend bei einer privaten Unterhaltung belauscht hatte. Wie konnte er ernsthaft annehmen, derart über meinen Kopf hinweg entscheiden zu können?

»Es war gar nicht so leicht, deine Mom zu überzeugen, aber mein Dad konnte sie schließlich überreden. Er findet, es wäre eine tolle Möglichkeit für uns, eine Bindung zueinander aufzubauen, und ist sogar bereit, die gesamten Kosten zu übernehmen. Außerdem wird Mr Porter von so viel Engagement bestimmt begeistert sein«, redete er drauflos, während mein Blick noch immer fassungslos zwischen meinem Reisegepäck und ihm hin und her sprang. »Wir brauchen ungefähr fünf Stunden nach New York. Wenn wir gleich losfahren, sind wir abends dort. Um ein Hotel habe ich mich schon gekümmert und du hast natürlich ein eigenes Zimmer. Wir nutzen morgen den Tag für unsere Recherche und fahren abends wieder nach Hause«, schloss Gabriel seine Ausführungen vollkommen gelassen.

Er hatte mittlerweile seinen Wagen umrundet und beugte sich über den noch immer geöffneten Kofferraum, um etwas aus seiner Reisetasche zu entnehmen. Es schien eine Art Prospekt zu sein, aber ich konnte nicht erkennen, um was es sich genau handelte.

»Und du warst schon mal so freundlich, meine Reisetasche für mich zu packen?«, entgegnete ich sarkastisch und konnte nicht fassen, dass er sich einfach an meinen persönlichen Sachen vergriffen hatte. Ganz zu schweigen von dem Schock, dass meine Mutter anscheinend mal wieder über meinen Kopf hinweg entschieden hatte, was *am besten* für mich war.

»Deine Mom hat die Tasche gepackt. Denkst du echt, ich würde in deinen Sachen wühlen, Turner?« Gabriel war nun direkt vor mich getreten und schüttelte belustigt seinen Kopf.

Wie schön, dass wenigstens *ihm* noch nicht das Lachen vergangen war.

11. Ein unmoralisches Angebot?

Wortlos drehte ich mich um und steuerte wutentbrannt unsere Haustür an. Erst verheimlichte meine Mom mir die Existenz von Roberts Sohn, dann wurde hinter meinem Rücken eine Verlobung abgehalten und zu guter Letzt bestimmte sie nun auch noch darüber, mit wem ich meine Freizeit verbrachte?

Als ich bereits die Stufen der Veranda erreicht hatte, legte sich plötzlich eine Hand auf meine Schulter und hinderte mich so daran, meinen Weg fortzusetzen.

»Sophia, jetzt warte doch mal«, vernahm ich Gabriels eindringliche Stimme direkt an meinem Ohr. Ach, nun war ich auf einmal wieder *Sophia* für ihn?

»Ist ja toll, dass du mit meiner Mutter und deinem Vater gemeinsame Sache machst, aber wenn ihr denkt, ihr könntet mich die ganze Zeit bevormunden, habt ihr euch gewaltig geschnitten!«, zischte ich ihm wütend entgegen und versuchte, energisch seine Hand abzuschütteln. Er ließ jedoch nicht locker, sondern nutzte seinen Griff, um mich langsam zu ihm zu drehen.

»Deine Mom hat nichts Falsches gemacht. Ich habe ihr gesagt, du wärst einverstanden«, erklärte Gabriel leise, während seine Hand noch immer auf meiner Schulter verweilte.

In diesem Augenblick wirkte er überhaupt nicht mehr wie der überhebliche Footballstar aus der Schule, aber ich wurde aus seinem Verhalten einfach nicht schlau. Erst versicherte er mir, keine große Sache daraus zu machen, und auf einmal drängte er sich in mein Leben und wollte sogar mit mir alleine nach New York fahren?

»Warum?«, brachte ich schließlich hervor und fixierte ihn mit meinem Blick. Er war mir definitiv eine Antwort schuldig, das war ihm ebenso klar wie mir.

»Es geht mir wirklich darum, dass du das Bestmögliche aus dem Artikel rausholen kannst, und nebenbei können wir uns etwas besser kennenlernen«, erwiderte er ruhig und seine Stimme klang fast ein wenig sanft.

Ich konnte trotzdem nicht anders, als ihn ungläubig anzustarren. Es erschloss sich mir einfach nicht, warum er plötzlich so ein Interesse daran hatte, sich mit mir anzufreunden. Wir waren grundlegend verschieden und die Tatsache, dass sein Dad meine Mom heiraten würde, konnte daran auch nichts ändern. Dass Robert versuchte, sich zu engagieren, um die Bindung zwischen Gabriel und mir zu verbessern, nahm ich ihm nicht übel, aber ich mochte diese Art von Bevormundung überhaupt nicht. Allerdings erleichterte mich die Tatsache, dass wenigstens meine Mom davon ausgegangen war, in meinem Einverständnis zu handeln.

»Tut mir leid, aber ich werde nicht mit dir nach New York fahren. Ich habe dir zugesichert, dich im Journalismus-Club zu dulden, und daran wird sich auch nichts ändern, aber du kannst wirklich nicht von mir erwarten, mit dir einen Kurzurlaub zu unternehmen.« Ich schüttelte entschieden meinen Kopf und schaffte es endlich, Gabriels Griff zu lösen. Natürlich war mir bewusst, dass Mr Porter in der Tat begeistert gewesen wäre von so viel Engagement, aber ich war nicht bereit, ein so großes Opfer zu bringen.

Ohne ein weiteres Wort lief ich ins Haus und rannte auf direktem Wege ins Obergeschoss, um mich in meinem Zimmer zu verbarrikadieren. Als ich mich auf mein Bett sinken ließ, spürte ich noch immer die Wärme von Gabriels Berührung auf meiner Schulter.

Es dauerte keine fünf Minuten, da klopfte es auch schon an meiner Zimmertür. »Nein!«, antwortete ich genervt, ohne zu wissen, wer dort überhaupt war. Ich hoffte einfach nur, die Person würde wieder verschwinden.

»Sophia? Ich bin es. Darf ich bitte kurz reinkommen?«, ertönte die gedämpfte Stimme meiner Mom von der anderen Seite der Tür und ich war zumindest ein wenig erleichtert darüber, dass es sich nicht um Gabriel handelte.

»Aber nur kurz«, brummte ich widerwillig und setzte mich in meinem Bett auf. Auf irgendwelche Vorträge hatte ich nämlich überhaupt keine Lust.

»Ich fasse mich kurz«, versprach meine Mutter, als sie bereits eingetreten war und leise die Tür hinter sich schloss. Sie trat an mich heran und ließ sich auf der schmalen Bettkante nieder.

»Es tut mir leid, dass ich deine Tasche gepackt habe, aber Gabriel sagte mir, ihr hättet es in der Schule so vereinbart«, begann sie reumütig, obwohl es diesmal eindeutig nicht ihr Fehler war. »Natürlich war ich erst mal nicht begeistert, denn solch eine Reise ist keine Kleinigkeit, die man mal eben so entscheiden sollte. Allerdings hat Robert mir versichert, dass Gabriel schon öfter alleine verreist ist, und ich denke, auf ihn ist Verlass. Außerdem hat mich das Argument überzeugt, dass du an einem Artikel arbeitest, welcher sich positiv auf das erhoffte Empfehlungsschreiben auswirken kann, und nebenbei hätte die Möglichkeit bestanden, Gabriel besser kennenzulernen.«

»Du musst dich nicht entschuldigen, immerhin hat Gabriel dich angelogen«, entgegnete ich daraufhin schulterzuckend. Er war es anscheinend gewöhnt, alles zu bekommen, was er wollte, und dafür zu lügen, war offenbar ebenfalls keine große Sache für ihn.

»Sei doch nicht so hart zu Gabe. Er hat es mir erklärt, bevor ich zu dir hochgekommen bin, und es tut ihm leid. Offenbar hat er angenommen, du würdest dich über die Überraschung freuen.«

»Ich verstehe einfach nicht, was er von mir will!«, stöhnte ich genervt auf und ließ mich theatralisch zurück auf mein Bett fallen. Meine Freundschaften begrenzten sich auf Amy, Lauren und Jackson, und es überforderte mich, plötzlich derart in den Fokus einer anderen Person geraten zu sein. Gabriels Versuche, sich in mein Leben zu drängen, führten dazu, dass ich mich überhaupt nicht mehr unsichtbar fühlte, und das kam mir alles andere als gelegen.

»Er wollte dich einfach nur besser kennenlernen, aber er hat eingesehen, mit der Aktion etwas über das Ziel hinausgeschossen zu sein. Ich soll dir das hier von ihm geben«, erklärte Mom und drückte mir daraufhin eine Broschüre in die Hand.

Bei näherer Betrachtung identifizierte ich sie als den Prospekt, welchen Gabriel zuvor aus seinem Kofferraum geholt hatte. Es handelte sich um einen Stadtführer von New York, und als ich die erste Seite aufschlug, fiel mir eine locker eingelegte Buchungsbestätigung entgegen. Gabriel hatte tatsächlich zwei nebeneinanderliegende Zimmer in einem Hotel direkt am Times Square gebucht.

»Ich soll dir von Gabe ausrichten, dass du mit einer Freundin hinfahren kannst. Für mich ist das in Anbetracht der Umstände ebenfalls in Ordnung. Ich würde es auch mit Amys Eltern klären, falls du dich für diese Option entscheiden solltest. Gabriel würde dann telefonisch im Hotel Bescheid geben, dass es eine Buchungsänderung gibt«, ergänzte meine Mutter noch und auf einmal wurde ich von meinem Gewissen übermannt. Jetzt hatte es dieser Kerl tatsächlich geschafft, dass ich mir Gedanken über *seine* Gefühle machte!

»O Mann«, stöhnte ich daraufhin und griff nach einem der zahlreichen Dekokissen, um es mir ins Gesicht zu drücken.

Am liebsten hätte ich meinen Frust lautstark in den Stoff geschrien, aber ich wollte meine Mutter nicht mit so einem Verhalten beunruhigen.

»Du kannst es dir ja durch den Kopf gehen lassen. Ich gehe dann mal wieder runter«, hörte ich Mom abschließend sagen. Anschließend erhob sie sich auch schon von meinem Bett, und erst als ich vernahm, wie sie die Tür hinter sich geschlossen hatte, entfernte ich langsam das Kissen von meinem Gesicht.

Noch immer fassungslos rollte ich mich auf die Seite, um einen genaueren Blick auf den Prospekt werfen zu können, aber mein schlechtes Gewissen verstärkte sich nur noch mehr, als ich den Reiseführer durchblätterte. Sollte ich wirklich mit Amy nach New York fahren? Irgendwie fühlte sich das nicht richtig an. Außerdem verfügten weder Amy noch ich über ein eigenes Auto. Allerdings wusste ich, dass sie sich jederzeit das Auto ihrer Mom leihen durfte. Trotzdem gefiel mir diese Option nicht, denn ich wollte nicht auf Gabriels oder viel mehr Roberts Kosten aus Trotz einen Trip mit meiner Freundin unternehmen.

Und wenn ich mich doch in Gabriel getäuscht hatte? Vielleicht meinte er es ja tatsächlich ehrlich?

So viele Fragen und so wenige Antworten.

Auf der Buchungsbestätigung war die Handynummer von Gabriel vermerkt, und ohne weiter darüber nachzudenken, tippte ich die Zahlen in mein Telefon ein. Ich zögerte einen Moment, bis ich schließlich auf das Telefonsymbol tippte, um ihn anzurufen.

»Hallo?«, meldete er sich fragend und erst jetzt wurde mir bewusst, dass er meine Nummer natürlich noch nicht besaß und somit überhaupt nicht wusste, wer ihn anrief.

»Hi, hier ist Sophia«, begrüßte ich ihn unsicher, während mein Mund sich anfühlte, als wäre er komplett ausgetrocknet. Ich atmete einmal tief ein, bevor ich ergänzte: »Ich bin damit einverstanden, mit dir nach New York zu fahren.«

12. Sinneswandel

Gabriel war bereits auf dem Weg nach Hause gewesen, als ich ihn über meinen Sinneswandel informierte, aber er erklärte sich bereit, gleich wieder umzudrehen, um mich einzusammeln. Keine zehn Minuten später fand ich mich auch schon auf dem Beifahrersitz wieder, während sein Fahrzeug in unserer Einfahrt parkte.

Er war kurz ausgestiegen, um noch etwas mit seinem Vater zu besprechen, und ich wartete nervös darauf, dass wir losfahren würden. Eigentlich konnte ich immer noch nicht fassen, mich wirklich darauf eingelassen zu haben, und einen kurzen Moment zog ich in Erwägung, Amy über mein Vorhaben zu informieren. Ich entschied mich dann jedoch dafür, es ihr lieber bei unserem nächsten Treffen persönlich mitzuteilen, da sie ansonsten wahrscheinlich am Telefon ausgeflippt wäre.

Im Rückspiegel konnte ich währenddessen beobachten, wie Gabriel in einiger Entfernung angeregt mit seinem Vater diskutierte, und ich fragte mich, ob ihre Unterhaltung vielleicht etwas mit unserem Ausflug zu tun hatte. Andererseits schien diese Option absurd, denn immerhin war es Robert, der für die Kosten aufkommen würde und meine Mutter überredet hatte, ihr Einverständnis zu geben.

Als Mom auf der Veranda auftauchte, beendeten die beiden ihre Unterhaltung abrupt und Gabriel steuerte auf das Fahrzeug zu, während Robert zu ihr aufschloss.

»Was war denn los?«, wollte ich von Gabriel wissen, als er sich auf dem Fahrersitz niederließ. Falls er angespannt war, war er ziemlich geschickt darin, es zu verbergen.

»Nichts weiter. Ich soll nur gut auf dich aufpassen«, erklärte er mit einem Augenzwinkern, während er seinen Sicherheitsgurt in die entsprechende Vorrichtung schob und den Rückwärtsgang einlegte.

Ich glaubte ihm zwar nicht, sah mich allerdings ebenfalls nicht in der Position, ihn über Familienangelegenheiten mit seinem Vater auszufragen. Also beschloss ich, es dabei zu belassen, und lehnte mich stattdessen zurück. Meine Mom und Robert standen gemeinsam auf der Veranda und winkten uns zum Abschied, während Gabriel den Wagen routiniert von der Einfahrt auf die Straße lenkte. Im Rückspiegel wurden die beiden schließlich immer kleiner, bis sie irgendwann überhaupt nicht mehr zu sehen waren.

»Wieso hast du deine Meinung geändert?«, wollte Gabriel von mir wissen. Er schien wirklich überrascht zu sein. Anscheinend hatte er nicht damit gerechnet, nun doch mit mir nach New York zu fahren.

»Ich weiß nicht. In erster Linie wegen der Recherche und der Aussicht darauf, dass es sich positiv auf das Empfehlungsschreiben von Mr Porter auswirken könnte«, erwiderte ich und hob unentschlossen meine Schultern. Was sollte ich auch darauf antworten? Dass ich ihn, entgegen jeglicher Vernunft, doch kennenlernen wollte?

»Wegen der Recherche also, hm?«, lachte Gabriel und schüttelte belustigt den Kopf. »Du bist echt ’ne harte Nuss, Turner.«

»Regel Nummer eins: Nenn mich nie wieder so, wenn dir wirklich etwas daran liegt, mich besser kennenzulernen«, gab ich augenrollend zurück. Ich hatte es noch nie verstanden, wenn sich Leute in der Schule mit dem Nachnamen ansprachen, und ich wollte mich erst recht nicht zu diesem Personenkreis zählen.

»Also gut, *Sophia.* Hast du dir schon ein paar Orte überlegt? Wir haben nur einen Tag, da sind die Möglichkeiten begrenzt.«

»Ich dachte, vielleicht können wir morgen früh ins Museum of Modern Art gehen und anschließend in den Central Park. Am liebsten würde ich auch noch zum Empire State Building und zur Freiheitsstatue, aber das sprengt wahrscheinlich den Rahmen«, plapperte ich drauflos und vergaß für einen Moment, wer gerade neben mir saß. »Ach, und Coney Island soll auch toll sein! Wir müssen auf jeden Fall eine Menge Fotos machen, die ich für den Artikel verwenden kann. Wenn ich einen guten Bericht abliefere, wird das Planungskomitee die Vorschläge am Ende übernehmen und als feste Programmpunkte für die Abschlussfahrt integrieren, was wiederum bedeutet, dass es sich positiv auf das Empfehlungsschreiben auswirken wird.«

Nachdem ich meinen Monolog beendet hatte, wurde mein Gesicht augenblicklich von einer unangenehmen Hitze erfasst und ich schämte mich ein wenig für meinen Gefühlsausbruch. Immerhin war es Gabriel, der mich mit diesem Kurztrip überrumpelt hatte, und nun benahm ich mich wie ein aufgedrehtes Kind vor dem Weihnachtsmorgen.

»Klingt perfekt«, stimmte er anerkennend zu, woraufhin ich verwirrt aber erleichtert aufatmete. Ich hatte mich nämlich innerlich bereits darauf vorbereitet, von ihm wegen meiner Euphorie aufgezogen zu werden.

Eine Zeit lang lauschten wir still der Musik und ich nutzte die Gelegenheit, um Gabriel unauffällig von der Seite zu mustern. Er hatte eine schwarze Sonnenbrille in seine braunen Haare geschoben, so, wie ich es schon etliche Male in der Schule beobachtet hatte. Seine Augen waren konzentriert auf den Highway gerichtet und mir fiel zum ersten Mal auf, wie attraktiv sein Seitenprofil wirkte. Obwohl sein Kinn recht markant war, hatte sein Gesicht auch etwas Weiches, und wenn er lächelte, bildete sich ein Grübchen in seiner rechten Wange.

»Hast du vor, ein Porträt von mir anzufertigen, oder was soll das werden?«, merkte Gabriel plötzlich an, ohne den Blick von der Straße abzuwenden. Ein süffisantes Grinsen umspielte seine Lippen, woraufhin ich am liebsten im Erdboden versunken wäre.

»Bild dir bloß nichts ein«, antwortete ich so souverän, wie es mir eben möglich war. Allerdings hatte er es tatsächlich mal wieder geschafft, mich völlig aus der Fassung zu bringen.

»Was machst du eigentlich sonst so, wenn du nicht gerade mit deiner verhaltensauffälligen Freundin unterwegs bist?«, wollte Gabriel plötzlich von mir wissen, ohne auf meine vorherige Bemerkung einzugehen.

Ich musste kurz überlegen, was ich auf diese Frage überhaupt antworten sollte. Mein Leben neben der Highschool bestand tatsächlich hauptsächlich aus Lernen oder Verabredungen mit Amy, Lauren und Jackson, und irgendwie war es mir auf einmal ziemlich unangenehm, nichts Spannendes entgegnen zu können.

»Nichts Besonderes, schätze ich«, erwiderte ich also wahrheitsgemäß. Die spitze Bemerkung gegen Amy ließ ich unkommentiert, da sie sich gegenüber Gabriel bisher wirklich nicht von ihrer besten Seite gezeigt hatte.

»Aber du warst doch sicher schon mal auf einer Party, oder?«

»Eigentlich nicht. Es sein denn, du meinst Pyjamapartys«, gab ich scherzhaft zurück, woraufhin Gabriel ebenfalls schmunzelte. Langsam wurde ich besser darin, ihm die passenden Antworten zu geben.

Auf dem im Fahrzeug integrierten Display wurde die noch vor uns liegende Route angezeigt. Von Richmond aus mussten wir über Washington, Baltimore und Philadelphia fahren, bis wir schließlich New York erreichen würden. In diesen Teilen des Landes war ich bisher noch nie gewesen, die Urlaube mit meinen Eltern hatten sich hauptsächlich auf verschiedene Orte in Florida beschränkt.

Nach einiger Zeit musste ich wohl eingeschlafen sein, denn plötzlich wurde ich von lauter Musik aus dem Schlaf gerissen.

Ich setzte mich hektisch wieder in dem Autositz auf und wischte mir verstohlen mit dem Handrücken über den Mundwinkel. O Gott, hatte ich etwa gesabbert?

Es war mittlerweile bereits dunkel und es dauerte einen Moment, bis ich begriff, welches Lied Gabriel in voller Lautstärke in seinem Wagen abspielte.

Even if it ain't all it seems, I got a pocketful of dreams
Baby I'm from New York
Concrete jungle where dreams are made of
There's nothing you can't do
Now you're in New York
These streets will make you feel brand new
Big lights will inspire you
Hear it for New York, New York, New York

In diesem Augenblick realisierte ich, dass wir geradewegs auf das wunderschön beleuchtete Empire State Building zufuhren.

13. Wie ein Chamäleon

»Das ist wirklich traumhaft schön«, flüsterte ich ehrfürchtig und war nicht in der Lage, meinen Blick von dem Wolkenkratzer abzuwenden. Das Empire State Building war zweifelsohne eines der größten Wahrzeichen von New York. In diesem Augenblick wurde die Spitze des Gebäudes von weißem Licht erleuchtet, allerdings wusste ich, dass die Farbe der Beleuchtung abhängig von verschiedenen Feiertagen oder Ereignissen variierte.

»Willkommen in New York, Sophia. Hast du gut geschlafen?«, richtete Gabriel nun grinsend das Wort an mich, während er mit einer Hand ans Armaturenbrett griff, um die Musik wieder auf eine normale Lautstärke zu regulieren.

»Ähm ... Ich denke schon«, erwiderte ich kleinlaut und vermied es, ihn anzusehen. Irgendwie hatten Autofahrten schon immer eine einschläfernde Wirkung auf mich gehabt, und in diesem Moment verfluchte ich diese Eigenschaft, da es mir wirklich peinlich war.

»Wir sind gleich da«, kündigte Gabriel erwartungsfroh an, während seine Augen wieder konzentriert auf den New Yorker Stadtverkehr gerichtet waren. Ein Blick auf die digitale Anzeige seines Navigationsgerätes verriet mir, dass wir bereits kurz nach 21 Uhr hatten. Trotz der recht späten Uhrzeit waren noch erstaunlich viele Autos unterwegs und ich wollte mir gar nicht vorstellen, was für ein Chaos hier im Berufsverkehr herrschte.

Es dauerte nicht lange, da lenkte Gabriel seinen Wagen in eine der zahlreichen Einbahnstraßen, bis er schließlich vor der Garagenzufahrt eines ziemlich luxuriös aussehenden Hotels anhielt. Zwei Pagen waren vor dem Gebäude positioniert und hielten tapfer die Stellung. Als sie uns bemerkten, verließ einer von ihnen umgehend seinen Posten, um zu uns zu eilen. Gabriel hatte sein Fenster bereits heruntergelassen, um dem Mann die Buchungsbestätigung vorzuzeigen.

»Guten Abend«, begrüßte uns der Page freundlich, während er einen Blick auf unsere Buchung warf und uns schließlich das elektrische Garagentor öffnete. »Einen schönen Aufenthalt wünsche ich Ihnen.«

Während Gabriel den Wagen auf einem Parkplatz zum Stehen brachte, wurde mir erst so richtig bewusst, dass ich mich tatsächlich mit ihm in New York befand. *Allein.* Amy würde mich vermutlich umbringen, sobald sie davon erfuhr, aber darüber würde ich mir später den Kopf zerbrechen.

»Bereit?«, wollte er von mir wissen und sein Blick ruhte einen Moment auf mir. Er sah ziemlich müde aus, was wohl auf die lange Fahrzeit zurückzuführen war, aber trotzdem umspielte ein Lächeln seine Lippen.

Als ich bestätigend nickte, öffneten wir zeitgleich unsere Türen und streckten uns erst mal ein wenig, nachdem wir das Fahrzeug verlassen hatten. Gabriel nahm anschließend die Reisetaschen aus dem Kofferraum, aber als ich ihm meine abnehmen wollte, schüttelte er nur lachend den Kopf. War er etwa plötzlich zum Gentleman geworden?

Ein Lift beförderte uns schließlich von der Parkgarage in die großzügige Empfangshalle des Resorts. Das Gebäude hatte schon von außen ziemlich edel gewirkt, allerdings verschlug mir die Schönheit des Foyers regelrecht den Atem. Die Wände waren mit hohen Bögen versehen und harmonierten perfekt mit den Marmorsäulen, welche den Saal von allen Seiten einrahmten. In der Mitte hing ein gigantischer Kronleuchter, welcher den blankpolierten Boden anstrahlte und so den Blick auf die ebenfalls aufwendig verzierte Rezeption lenkte.

Als ich den ersten Eindruck verarbeitet hatte, sah ich unsicher an mir herunter. Ich trug noch immer die gleichen Klamotten wie an diesem Morgen in der Schule und fühlte mich auf einmal ähnlich deplatziert wie an dem Abend im *LeMaire* vor gar nicht allzu langer Zeit.

»Sophia? Kommst du?« Gabriel war bereits ein paar Schritte vorausgegangen und lächelte mir fragend entgegen. Als ich zu ihm aufgeschlossen hatte, setzte er seinen Weg in Richtung der Rezeption selbstbewusst fort und ich musste zugeben, dass er perfekt an diesen Ort passte. Er erinnerte mich an ein Chamäleon und besaß die Fähigkeit, sich scheinbar überall integrieren zu können.

Während Gabriel souverän den Check-in erledigte, schrieb ich meiner Mom eine kurze Nachricht, dass wir gut angekommen waren, und versprach ihr, mich gleich am nächsten Morgen erneut bei ihr zu melden. Ich hatte das Handy gerade in meiner Tasche verstaut, als mein Begleiter auch schon wieder vor mir stand.

»Wir müssen in die vierte Etage. Zimmer 207 und 208«, erklärte Gabriel und drückte mir die Karte für mein Zimmer in die Hand. So ganz hatte ich immer noch nicht realisiert, tatsächlich mit ihm nach New York gefahren zu sein.

Als wir die Zimmer erreicht hatten, öffnete ich als erstes die Tür, und für einen Moment war ich erneut sprachlos. Der Raum verfügte über eine großflächige Fensterfront, welche einen direkten Blick über den Times Square bot. Ich konnte nicht anders, als meine Hände auf das kühle Glas zu stützen und mit offenem Mund die vielen bunten Lichter zu bestaunen.

»Nicht schlecht, oder?«, vernahm ich plötzlich Gabriels Stimme direkt hinter mir. Er hatte meine Reisetasche für mich neben dem Schrank abgestellt und war nun ebenfalls an das Fenster herangetreten.

»Es ist einfach unglaublich! Ich weiß zwar immer noch nicht genau, was wir hier eigentlich machen, weil es total verrückt ist, mit dir Zeit zu verbringen, aber ...« Ich hielt inne, als ich bemerkte, dass ich schon wieder völlig euphorisch auf Gabriel einredete, und presste kurzerhand meine Lippen zusammen. »Was ich eigentlich sagen wollte, ist: danke.«

»Du solltest öfter so sein«, erwiderte er schmunzelnd, den Blick noch immer aus dem Fenster gerichtet.

»Wie genau? Leicht verrückt und überdreht?«, wollte ich lachend von ihm wissen, während meine Aufmerksamkeit ebenfalls wieder auf die Lichter außerhalb fokussiert war.

»Eigentlich meinte ich einfach nur, dass du so sein sollst, wie du eben bist«, gab er leise zurück und aus dem Augenwinkel sah ich, wie er mich musterte.

Bevor ich etwas erwidern konnte, hatte er seinen Blick auch schon wieder abgewendet, aber ich fragte mich insgeheim, wie ich seine Aussage verstehen sollte.

»Willst du dich ausruhen oder bist du nach deinem Dornröschen-Schlaf im Auto noch fit?«, wechselte er schließlich das Thema und ich war wirklich gespannt darauf, was er nun wieder vorhatte.

»Ich bin eigentlich noch nicht müde«, antwortete ich also wahrheitsgemäß und zugleich ebenso neugierig. Zum einen hatte ich tatsächlich ausreichend während der Fahrt geschlafen, zum anderen war ich total aufgeregt.

»Perfekt. Wir treffen uns in zehn Minuten auf dem Flur.«

14. Unerwartete Reaktion

Nachdem Gabriel ohne eine weitere Erklärung mein Zimmer verlassen hatte, eilte ich zu meiner Reisetasche und öffnete mit einer raschen Bewegung den Reißverschluss. Bedingt durch die Umstände, war ich noch nicht dazu gekommen, den Inhalt zu inspizieren, aber ich ahnte bereits, dass ich mit der Kleiderauswahl meiner Mom wahrscheinlich nicht zufrieden sein würde.

Bestätigt in meiner Annahme, schob ich die Bluse mit dem hässlichen Blumenmuster beiseite und stellte erleichtert fest, wenigstens meine geliebte Jeansjacke im Inneren der Tasche vorzufinden. Auch wenn im August in New York ähnlich angenehme Temperaturen wie bei uns in Richmond herrschten, wollte ich mir zumindest in den Abendstunden etwas überziehen.

Hektisch schlüpfte ich also in meine Jacke, bevor ich mich einen Moment lang in dem großzügigen Spiegelschrank betrachtete. Meine Haare waren von meiner Schlafeskapade während der Hinfahrt völlig zerzaust und ließen sich nur schwer mit der kleinen Reisebürste bändigen. Um wenigstens einigermaßen vorzeigbar auszusehen, band ich mir meine Mähne kurzerhand zu einem lockeren Zopf.

Nachdem ich mich noch ein letztes Mal von allen Seiten begutachtet hatte, nahm ich meine Kamera und die Hotelkarte an mich, um sie in der Tasche meiner Jeansjacke zu verstauen.

Ich hatte bereits die Finger um die Klinke geschlossen, als ich überlegte, meiner Mom mitzuteilen, dass Gabriel und ich noch etwas unternehmen wollten. Ich entschied mich dann jedoch dagegen und trat stattdessen in den Flur hinaus. Immerhin musste sie nun wirklich nicht über jeden Schritt informiert werden.

»Hey«, begrüßte mich Gabriel knapp, ohne von dem Display seines Handys aufzusehen. Er lehnte an der gegenüberliegenden Wand und war anscheinend damit beschäftigt, eine Nachricht zu verfassen. Irgendwie wirkte er angespannt, aber als er das Telefon zurück in seine Hosentasche gleiten ließ, verschwand der nachdenkliche Gesichtsausdruck und er richtete seine Aufmerksamkeit erneut auf mich.

»Bereit für den Times Square?«, schob er nach, während er sich bereits in Bewegung setzte. Ich nickte zustimmend, obwohl ich furchtbar aufgeregt war und mir alles immer noch surreal erschien.

Wir fuhren mit dem Lift zurück in die Lobby, wo wir das Hotel schließlich durch den Haupteingang verließen. Sobald wir nach draußen getreten waren, wurde ich augenblicklich von dem unverwechselbaren Großstadtfeeling eingenommen. Vom Fenster in meinem Zimmer aus hatten wir den Times Square bereits aus einiger Entfernung betrachten können, aber nun konnte ich es kaum noch erwarten, ihn endlich erleben zu dürfen.

»Es ist nur ein kleines Stück die Straße runter, dann sind wir sofort da«, erklärte Gabriel und deutete mit seiner Hand in die entsprechende Richtung.

»Warst du schon öfter in New York?«, wollte ich von ihm wissen. Er wirkte jedoch so routiniert, dass ich mir die Antwort bereits denken konnte.

»Ein paarmal. Ist aber schon eine Weile her«, erwiderte er schließlich erwartungsgemäß und ich fragte mich insgeheim, ob er wohl mit Rachel hier gewesen war. Allerdings traute ich mich nicht, die Frage laut auszusprechen, und so ließ ich seine Antwort unkommentiert.

Als wir die Straßenecke erreichten, begriff ich erst, dass wir tatsächlich unser Ziel erreicht hatten. Ohne auf Gabriel zu achten, bahnte ich mir meinen Weg durch die Menschenmassen und konnte meine Augen nicht von den vielen leuchtenden Werbetafeln abwenden. Es war alles noch viel eindrucksvoller, als es vom Hotelzimmer aus gewirkt hatte, und mein Blick sprang permanent von einer Werbetafel zur nächsten. Vor lauter Aufregung hatte ich sogar den Atem angehalten, weshalb ich irgendwann angestrengt nach Luft schnappen musste. Dieser Ort war laut, bunt und vollkommen überfüllt – trotzdem gab es in diesem Moment wohl keinen Platz, an dem ich lieber gewesen wäre.

Es war einfach unglaublich einnehmend.

Mit einer schnellen Bewegung zog ich meine Kamera hervor und begann augenblicklich, Fotos für den Artikel zu schießen. Als Gabriel plötzlich vor meiner Linse auftauchte, fiel mir erst auf, dass ich ihn für einen Moment vollkommen vergessen hatte.

»Sorry, ich wollte dich nicht einfach stehen lassen«, entschuldigte ich mich und setzte eine reumütige Miene auf, »es ist alles so überwältigend und wunderschön.«

»Kein Ding, du bist schließlich das erste Mal hier. Hast du Lust auf Tacos?«, entgegnete Gabriel daraufhin nur schmunzelnd. Ich war überrascht von seiner Frage, musste jedoch zugeben, ebenfalls ziemlich hungrig zu sein.

»Tacos klingen wunderbar«, stimmte ich also zu und packte meine Kamera zurück in die Tasche.

Völlig unerwartet griff Gabriel nach meiner Hand und zog mich zu einer der zahlreichen Fast-Food-Buden. Seine Finger fühlten sich wunderbar warm und weich an, wie ich mir eingestehen musste. Ich verfluchte meinen verräterischen Körper, denn durch seine Berührung schien mein Puls ins Unermessliche zu steigen.

Es standen bereits zahlreiche Leute in einer Schlange vor der von Gabriel ausgewählten Lokalität an, und sobald wir uns eingereiht hatten, ließ er meine Hand auch schon wieder los.

»Hier gibt es die besten Tacos«, kündigte er vielsagend an, während ich noch immer perplex über meine Reaktion war. Ich konnte es zwar nicht richtig deuten, aber mir war bewusst, dass er nicht so eine Macht über mich und meinen Körper haben durfte. Immerhin war unsere Bekanntschaft nichts weiter als eine erzwungene Verbindung und daran würde sich auch in Zukunft nichts ändern.

»Alles in Ordnung?« Gabriel hatte seinen Kopf schief gelegt und musterte mich prüfend. »Irgendwie siehst du etwas blass aus.«

»Ja, sicher. Ich meine ... warum sollte auch nicht alles in Ordnung sein ... Immerhin bin ich in New York, also ... wir sind in New York ... meine ich natürlich, und das ist doch total toll, oder?«, stotterte ich daraufhin unbeholfen und auf einmal fühlte ich mich wie der letzte Trottel. Was zur Hölle redete ich da bloß für einen Blödsinn?

Gabriel kam glücklicherweise nicht mehr dazu, auf meine peinliche Antwort einzugehen, denn er wurde in diesem Augenblick von einem Mitarbeiter aufgefordert, seine Bestellung abzugeben.

Mit zwei köstlichen Tacos in der Hand schlenderten wir schließlich über den Times Square in Richtung der berühmten roten Treppe. Ich war dankbar darüber, nicht viel sprechen zu müssen und meine Aufmerksamkeit stattdessen dem Essen widmen zu können. So kam ich wenigstens nicht mehr in die Situation, belangloses Zeug vor mich hinzuplappern.

»Komm her«, sagte Gabriel, nachdem er auf den Treppenstufen Platz genommen hatte, und bedeutete mir mit einer

Geste, mich neben ihn zu setzen. Ich folgte seiner Bitte, achtete jedoch darauf, einen gewissen Abstand zu ihm zu halten. Noch mehr Nähe würde ich heute definitiv nicht mehr ertragen.

Von der Treppe aus hatten wir einen tollen Blick auf den Times Square und endlich schaffte ich es, mich wieder ein wenig zu entspannen.

15. Richtungswechsel

»Siehst du den Spider-Man da vorne?«, rief Gabriel plötzlich und stieß mir mit seinem Ellenbogen leicht in die Seite, um möglichst schnell meine Aufmerksamkeit zu erhalten. Ohne eine Antwort von mir abzuwarten, erhob er sich auch schon und gab dem Menschen im Spinnenkostüm ein Zeichen.

»Was machst du denn?«, zischte ich ihm zu, aber er hatte bereits seine Hände unter meine Armbeugen gesteckt und mich in einer schnellen Bewegung ebenfalls in den Stand gezogen.

»Ein Foto mit Spider-Man gehört dazu.« Gabriel zwinkerte mir lachend zu, während sich Spider-Man schon neben mir positionierte.

Ich war gerade dabei, künstlich in die Kamera zu grinsen, als der Mann im Kostüm meine Angespanntheit zu bemerken schien. Anscheinend hatte er es sich zur Mission gemacht, die Menschen um sich herum durch mehr oder weniger lustige Aktionen aufzuheitern. Denn ehe ich mich's versah, hatte er seine Hand um meine Hüfte gelegt und mit einer weiteren schnellen Bewegung meine Beine umfasst, sodass ich unfreiwilligerweise in seinen Armen hing, als hätte er mich in diesem Moment aus einer brenzligen Situation gerettet.

Während ich peinlich berührt versuchte, mich aus dem Griff des Mannes zu befreien, schien Gabriel vor Lachen fast nicht mehr in der Lage dazu, die Kamera seines Smartphones zu betätigen. Nachdem der Möchtegern-Spider-Man mich endlich wieder runtergelassen hatte, hielt mir Gabriel noch immer lachend sein Display mit dem Foto entgegen.

»Das Bild kommt auf keinen Fall in den Artikel«, merkte ich nun doch leicht schmunzelnd an, denn ich musste zugeben, dass das Foto in Anbetracht meines schockierten Gesichtsausdrucks tatsächlich ziemlich witzig aussah.

Gabriel drückte dem Spinnenmann noch immer amüsiert einen Obolus in die Hand, woraufhin sich dieser mit einer Handgeste bei uns bedankte und sich dann auch schon den nächsten Touristen zuwandte.

Normalerweise hätte ich einem *normalen* Bild schon nicht zugestimmt und erst recht keinem, auf dem ich in den Armen eines Fremden hing. Daher kam es überhaupt nicht infrage, es in den Artikel einzufügen und es somit der gesamten Schule zu präsentieren.

»Wieso denn nicht?«, entgegnete Gabriel neckisch und hielt mir erneut sein Display mit dem Foto vor die Nase. Genau in diesem Augenblick erschien ein eingehender Anruf von Rachel auf seinem Handy, woraufhin ich ihn augenblicklich darauf aufmerksam machte.

»Willst du nicht rangehen?«, wollte ich vorsichtig wissen, als ich feststellte, dass er den Anruf weggedrückt hatte. Allerdings ließ er das Telefon sofort wieder in seiner Hosentasche verschwinden und schüttelte nur abweisend den Kopf.

»Ist es okay für sie, dass wir zusammen hier sind?«, schob ich spontan hinterher und biss mir sogleich auf die Zunge. Eigentlich ging mich ihre Beziehung nichts an, aber ich hatte auch keine Lust auf Stress mit seiner Freundin. Rachel war nun wirklich keine Person, mit der ich mich anlegen wollte.

»Mach dir nicht so viele Gedanken«, erwiderte er daraufhin ausweichend, aber er schien nicht wirklich besorgt, und deshalb nahm ich an, dass es für sie in Ordnung war. Etwas anderes blieb mir ohnehin nicht übrig.

Es war mittlerweile wirklich spät geworden und so beschlossen wir, langsam zurück zu unserem Hotel zu gehen. Immerhin hatten wir für den nächsten Tag einiges geplant.

»Ist die Hochzeit eigentlich ein Problem für dich?«, wollte Gabriel von mir wissen, während wir uns bereits auf dem Rückweg befanden.

»Nein, inzwischen eigentlich nicht mehr«, begann ich nachdenklich und musste meine Gedanken erst einmal sortieren. »Meine Eltern sind jetzt seit zwei Jahren getrennt, aber es war trotzdem irgendwie erst mal ein Schock zu hören, dass sich meine Mom mit einem anderen Mann trifft. Seitdem mein Dad ausgezogen ist, sehe ich ihn leider nicht mehr so häufig, da er ziemlich weit weggezogen und beruflich sehr eingespannt ist. Am Anfang habe ich meiner Mom die Trennung sehr übel genommen, aber mittlerweile habe ich eingesehen, dass man Liebe nicht erzwingen kann«, sprudelte es plötzlich aus mir heraus. »Wahrscheinlich lag es auch ein wenig daran, wie überraschend sie meinen Dad und mich damals vor vollendete Tatsachen gestellt hat. Mein Vater hat daraufhin noch eine Zeit lang versucht, die Ehe zu retten, aber es war zu spät. Letztendlich ist es ihr Leben und wenn sie Robert heiraten möchte, ist es vollkommen in Ordnung für mich.«

»Verstehe«, gab er nachdenklich zurück, während sein Blick auf den Boden gerichtet war. »Meine Eltern haben sich dauernd gestritten, weshalb ich über ihre Trennung eher erleichtert war. Seitdem ist meine Mom viel entspannter und das Verhältnis zu meinem Dad hat sich auch verbessert. Ich schätze, deine Mom hat einen guten Einfluss auf ihn.«

»Mag sein. Eine Sache nehme ich meiner Mutter aber noch immer übel«, hakte ich erneut ein, woraufhin Gabriel interessiert seinen Blick hob. »Ich hatte keine Ahnung, dass Robert einen Sohn hat, und diese Information hätte ich gerne vor unserem ersten Zusammentreffen gewusst.«

»Ich wusste zwar, dass ich eine Stiefschwester bekommen würde, aber ich hatte keine Ahnung, wer es sein würde«, entgegnete Gabriel schulterzuckend. Anscheinend war er zumindest ein wenig besser von seinem Dad informiert worden als ich von meiner Mom. Allerdings war diese Tatsache auch nicht besonders schwierig, wenn man bedachte, dass sie mich einfach ins offene Messer hatte laufen lassen.

»Du hättest ja sowieso nicht gewusst, wer ich bin. Unabhängig davon, ob du nun im Vorfeld meinen Namen erfahren hättest oder nicht. Bis auf die Dusche, die du mir an jenem Morgen verpasst hast, hatten wir ja keinerlei Berührungspunkte«, antwortete ich daraufhin und war selbst erschrocken darüber, wie verbittert es klang. Aber es war nun mal die Wahrheit, ob es mir gefiel oder nicht.

»Mein Verhalten auf dem Parkplatz tut mir leid. Ich war ein richtiger Arsch«, erwiderte Gabriel kleinlaut und als ich ihm ins Gesicht sah, meinte ich, tatsächlich so etwas wie Reue erkennen zu können.

»Da hast du recht«, stimmte ich zu, woraufhin wir beide dann doch gemeinsam über die Situation lachen konnten. Es war in der Tat ziemlich absurd, dass gerade *wir* nun Zeit miteinander verbrachten.

»Wahrscheinlich hätte ich wirklich nicht gewusst, wer du bist«, griff er erneut meine vorherige Aussage auf, »aber ich bin froh, dass ich es jetzt weiß.«

Hatte er das gerade wirklich gesagt? Augenblicklich kehrte die Hitze in meinen Körper zurück, aber ich versuchte, mir äußerlich nichts anmerken zu lassen. Warum fühlte sich seine Aufmerksamkeit nur so gut an?

Mittlerweile hatten wir wieder das Hotel erreicht und durchquerten schweigend das Foyer. Es war bereits weit nach Mitternacht, als wir schließlich vor den Türen zu unseren Zimmern stoppten.

»Danke für den schönen Abend, Gabriel.« Unsicher verlagerte ich mein Gewicht von einem Bein auf das andere, denn ich war auf einmal furchtbar aufgeregt. Ich erkannte mich selbst nicht wieder und meine Stimmungsschwankungen irritierten mich.

»Ich habe zu danken«, erwiderte er leise und erneut hatte er diesen sanften Klang in seiner Stimme.

Ich vermied es, ihn anzusehen, und blickte stattdessen verlegen zu Boden. Eine Haarsträhne löste sich daraufhin aus meinem Zopf und ich spürte, wie sie mir locker ins Gesicht fiel. »Schlaf gut«, brachte ich noch hervor und zog bereits die Hotelkarte aus meiner Jackentasche, um endlich in meinem Zimmer verschwinden zu können. Ich musste dringend dieser Situation entfliehen.

Völlig unvermittelt legte Gabriel seine Hand auf meinen Oberarm und trat so nah an mich heran, dass ich automatisch den angenehmen Duft seines Parfums einatmete. Mit seiner freien Hand strich er mir langsam die Haarsträhne hinter mein Ohr, was mir sofort eine Gänsehaut bereitete.

»Gute Nacht, Sophia«, raunte er, während sein Gesicht direkt vor meinem war und er mir für einen Augenblick tief in die Augen sah. Nur ein paar Sekunden länger und meine Knie würden nachgeben, da war ich mir sicher.

Genauso schnell löste er seinen Griff auch schon wieder und verschwand schließlich in seinem Zimmer, ohne sich noch einmal zu mir umzudrehen. Was zur Hölle war das gerade gewesen?

Einen kurzen Moment starrte ich perplex auf die verschlossene Tür, bevor ich meine Fassung zurückerlangte und endlich die Hotelkarte in die entsprechende Vorrichtung schob, um mein Zimmer betreten zu können. Nachdem ich die Tür hinter mir geschlossen hatte, lehnte ich mich erschöpft gegen das Holz und schloss vollkommen überfordert meine Augen.

Mein Herz trommelte wie verrückt in meinem Brustkorb und es schien überhaupt nicht daran zu denken, sich endlich wieder zu beruhigen.

Ich konnte mir einfach nicht erklären, was sich da gerade zwischen Gabriel und mir abspielte, aber es lief definitiv in die falsche Richtung.

16. Gedankengänge

Nachdem ich noch eine unbestimmte Zeit auf der Stelle verharrt hatte, entschloss ich, vor dem Schlafengehen schnell eine heiße Dusche zu nehmen.

Fast automatisch trugen mich meine Füße über die dunklen, großen Fliesen in dem angrenzenden Badezimmer. Achtlos schmiss ich meine Kleider in eine Ecke und betrat die großzügige Duschkabine. Während das warme Wasser auf mich niederprasselte, konzentrierte ich mich darauf, jegliche Gedanken an Gabriel aus meinem Kopf zu verbannen. Was stimmte bloß nicht mit mir? Ich musste unbedingt aufhören, seine Freundlichkeit fehlzuinterpretieren.

Eilig wusch ich mir das Shampoo aus den Haaren und umwickelte meinen Körper anschließend mit einem der flauschigen Hotelhandtücher. Als ich endlich im Bett lag, war ich jedoch einfach nicht in der Lage einzuschlafen. Obwohl ich die elektrischen Jalousien heruntergelassen hatte und somit kein Licht mehr von außen eindringen konnte, kam ich irgendwie nicht zur Ruhe.

Unzählige Male drehte ich mich von der einen auf die andere Seite und es war bereits nach vier Uhr, als ich das letzte Mal auf die Uhr blickte. Ich machte mich selbst völlig verrückt, indem ich dauernd die Uhrzeit checkte.

Irgendwann musste ich doch eingeschlafen sein, denn plötzlich wurde ich von einem lauten Hämmern aus dem Schlaf gerissen. Nachdem ich mich erschrocken in meinem Bett aufgesetzt hatte, benötigte ich einen Moment, um zu realisieren, wo ich überhaupt war.

»Sophia? Alles okay bei dir?«, ertönte Gabriels Stimme von der anderen Seite der Tür und erst jetzt begriff ich, dass das Hämmern eigentlich ein Anklopfen gewesen war.

Noch immer etwas benommen, rollte ich mich aus dem Bett, um ihm die Türe einen Spaltbreit zu öffnen.

»Guten Morgen«, begrüßte ich ihn und konnte nur mit Mühe ein Gähnen unterdrücken, während ich meine Augen aufgrund der hellen Flurbeleuchtung zusammenkneifen musste.

»Guten Morgen? Wir haben bereits Mittag«, entgegnete Gabriel lachend, während er wie selbstverständlich die Tür aufstieß und in mein Zimmer eintrat. Sein Weg führte ihn auf direktem Wege zu dem Schalter neben der Fensterbank, wo er durch einen Knopfdruck dafür sorgte, dass die Jalousien nach oben fuhren.

Durch das einfallende Tageslicht bemerkte ich erneut, wie unverschämt gut Gabriel aussah. Er schien kurz vorher duschen gewesen sein, denn seine Haare waren noch nicht gänzlich getrocknet. Das graue Shirt lag eng an seinem durchtrainierten Körper an und setzte jeden Muskel perfekt in Szene. Dazu trug er eine schwarze Jogginghose und weiße Sneakers.

»Mittag?«, wiederholte ich noch immer schlaftrunken und zwang mich endlich, meinen Blick von seinem Körper abzuwenden. Als ich jedoch verstohlen auf meine Armbanduhr sah, stellte ich fest, dass wir tatsächlich bereits zwölf Uhr hatten. Das war wohl die Konsequenz, wenn man sich bis in die frühen Morgenstunden mit unnötigen Gedankengängen wachhielt.

»Deine Mom hat schon etliche Male versucht, dich zu erreichen. Aber keine Sorge, ich konnte sie beruhigen«, erklärte er zwinkernd, während er lässig an der Fensterbank lehnte und mich musterte.

In diesem Moment fiel mir erst auf, dass ich die ganze Zeit über nur in Shirt und Unterwäsche bekleidet gewesen war. Diese Erkenntnis führte dazu, dass ich wortlos meine Reisetasche an mich riss, hektisch ins Badezimmer stolperte und mit einer schnellen Bewegung die Tür hinter mir schloss.

»O Gott«, murmelte ich leise zu mir selbst, während ich die Tasche auf den Boden schmiss und den Inhalt nach irgendetwas Brauchbarem durchsuchte. Wie konnte ich es eigentlich schaffen, mich in Gabriels Anwesenheit permanent in unangenehme Situationen zu manövrieren?

»Ich bin gleich wieder da«, rief ich meinem Begleiter noch zu, während ich mich zeitgleich in eine Jeans quetschte und anschließend ein frisches Shirt überzog. Meine Haare drehte ich mir zu einem schnellen Dutt und nachdem ich meine Zähne geputzt hatte, kehrte ich schließlich zu Gabriel zurück. Möglichst souverän durchquerte ich das Zimmer und hoffte, er würde über mein merkwürdiges Verhalten hinwegsehen. Allerdings sprachen wir hier von Gabriel Wright und dieser dachte natürlich überhaupt nicht daran.

Er verweilte noch immer an der Fensterbank, während ein süffisantes Grinsen seine Lippen umspielte. Als sich unsere Blicke trafen, stellte ich fest, dass er es furchtbar witzig zu finden schien, mich von einem Fauxpas zum nächsten stolpern zu sehen.

»Wir werden wohl ein oder zwei Programmpunkte streichen müssen. Um alles zu schaffen, hätten wir schon vor Stunden aufbrechen müssen«, gab ich zu bedenken und lenkte somit das Thema in eine andere Richtung. Ich konnte immer noch nicht fassen, dass ich tatsächlich den halben Tag verschlafen hatte.

»Wie lautet dein Plan?«, wollte Gabriel von mir wissen, während er mich fragend ansah.

»Ich denke, wir müssen den Besuch vom Museum of Modern Art streichen«, antwortete ich daraufhin resigniert und ließ mich seufzend auf das Bett sinken. Eigentlich hätte ich sehr gerne Fotos für den Artikel dort geschossen, aber darauf musste ich nun wohl verzichten.

»Was hältst du davon, wenn wir erst mal in den Central Park gehen?«, schlug Gabriel schließlich vor und deutete mit seinem Kinn aus dem Fenster, um auf den strahlenden Sonnenschein aufmerksam zu machen. »Anschließend können wir noch Fotos vom Empire State Building schießen und wenn wir dann noch fit sind, fahren wir abends zu Coney Island?«

Ich war dankbar über seinen Vorschlag, denn offensichtlich war er aktuell besser darin, sich ein Ersatzprogramm für uns zu überlegen. Außerdem war der Central Park tatsächlich ideal, um dort Fotos zu machen.

»Okay«, stimmte ich also zu und entspannte mich wieder ein wenig. Der Artikel würde auch ohne Fotos aus dem Museum gut werden, davon war ich überzeugt.

Nachdem der Ersatzplan stand, war Gabriel in sein Zimmer gegangen, um seine Sachen zu holen. Wir hatten uns dazu entschieden, bereits aus dem Hotel auszuchecken und die Reisetaschen im Auto zu lagern, damit wir abends nicht noch einmal hierher zurückkehren mussten.

Nicht einmal eine halbe Stunde später fand ich mich auch schon auf dem Beifahrersitz neben Gabriel wieder, während er den Wagen routiniert aus der Parkgarage in den Stadtverkehr lenkte. Es dauerte nur ein paar Minuten, bis wir unser Ziel erreicht hatten und das Fahrzeug auf einem nahegelegenen Parkplatz abstellten.

Bevor wir den Wagen verließen, stellte ich jedoch verwirrt fest, wie nachdenklich Gabriel plötzlich wirkte, und ich fragte mich, was ihn wohl beschäftigte.

17. Wesensänderung

»Hast du Lust zu rudern?«, wollte Gabriel von mir wissen, während wir bereits die riesige Grünanlage betreten hatten. Keine einzige Wolke war zu sehen und die Sonne hatte die Temperatur auf fast dreißig Grad klettern lassen. Umso angenehmer empfand ich die riesigen Ulmen, welche links und rechts den Weg säumten und uns mit ihren grünen Baumwipfeln etwas Schatten spendeten.

»Von mir aus gerne«, stimmte ich zu und hielt bereits nach dem Central Park Lake Ausschau. Auch wenn ich vorher noch nie in New York gewesen war, hatte ich mich natürlich im Vorfeld über die Möglichkeiten der Freizeitgestaltung informiert.

»Warst du denn schon mal rudern?« Gabriel musterte mich mit hochgezogener Augenbraue und es war offensichtlich, dass er überrascht über meine Zustimmung war. Wahrscheinlich hatte er damit gerechnet, mich erst noch überreden zu müssen.

»Ich war früher in Florida öfter mit meinem Dad rudern. Ist aber schon einige Zeit her«, erklärte ich knapp. Die Erinnerung an die gemeinsamen Ausflüge waren bittersüß, denn sie riefen mir die Zeit ins Gedächtnis, als meine Eltern noch glücklich miteinander gewesen waren.

Gabriel nickte verständnisvoll und schien zu spüren, dass meine Gedanken gerade abgeschweift waren. Eine Weile schlenderten wir still durch den Park, während wir von Joggern oder Leuten auf Fahrrädern überholt wurden. In regelmäßigen Abständen blieb ich stehen, um ein paar Bilder schießen zu können, und freute mich bereits darauf, die Fotos in den Artikel zu integrieren.

Als wir den See erreicht hatten, waren erwartungsgemäß bereits einige Ruderboote unterwegs. Glücklicherweise warteten trotzdem noch ein paar leere Wasserfahrzeuge darauf, gemietet zu werden, und so fanden wir uns nur kurze Zeit später auch schon in einem der Boote wieder.

Gabriel hatte netterweise neben den Rudern Platz genommen, während ich mich auf der gegenüberliegenden schmalen Holzbank niederließ. Mühelos beförderte er uns in die Mitte des Sees, ehe er die Ruderbewegung einstellte und sich ebenfalls bequem hinsetzte. Mir entging nicht, wie Gabriel einige Male meinen Blick suchte, was mich zugegebenermaßen ziemlich nervös machte.

»Weißt du schon, was du nach der Highschool machen möchtest?«, ergriff Gabriel schließlich das Wort und musterte mich interessiert. Seine Gesellschaft fühlte sich seltsam vertraut an, wenn man bedachte, wie kurz wir uns erst kannten. Ob ich diese Tatsache gut oder schlecht fand, konnte ich jedoch noch nicht beantworten.

»Ich möchte auf jeden Fall Journalismus studieren. Darum ist mir dieses Empfehlungsschreiben auch so wichtig, denn damit besteht für mich die Chance auf ein Stipendium«, antwortete ich wahrheitsgemäß, während ich meinen Blick gedankenverloren über das Wasser schweifen ließ. »Und du?«

»Aktuell habe ich noch ein paar Bewerbungen für ein Sportstipendium offen und wenn das klappt, werde ich nächstes Jahr nach Harvard oder Yale gehen«, erwiderte er, und ehrlich gesagt überraschte mich seine Antwort nicht im Geringsten. Er war einer der besten Footballspieler unserer

Highschool und auch wenn ich bis vor Kurzem noch nie ein Wort mit ihm gewechselt hatte, war mir diese Tatsache durchaus bewusst. Einige seiner Auszeichnungen waren zudem in einer Glasvitrine auf dem Schulflur ausgestellt.

»Ah«, machte ich wenig geistreich, weil ich nicht wusste, was ich darauf antworten sollte, und wandte meinen Blick erneut dem Glitzern der Sonnenstrahlen auf der Wasseroberfläche zu. Meine Noten waren gut und ich machte mir keine Sorgen darum, eine Zusage für ein College zu bekommen. Allerdings kam für mich wohl keine der Eliteuniversitäten infrage, da die Studiengebühren, selbst mit der Hilfe eines Stipendiums, das Budget meiner Eltern bei Weitem übersteigen würden.

»Soll ich uns mal da hinten in den Schatten befördern?«, schlug Gabriel auf einmal vor und deutete mit einer Kopfbewegung in Richtung der Bow Bridge, welche über den See führte. »Ich glaube, du könntest eine kurze Sonnenpause gebrauchen.«

Automatisch fasste ich mir in mein Gesicht und stellte entsetzt fest, dass es sich tatsächlich ziemlich warm anfühlte. Ich hatte mich nicht eingecremt und bedingt durch meinen blassen Hauttyp, reagierte ich schon immer empfindlich auf Sonneneinstrahlung.

»Gute Idee«, pflichtete ich ihm kleinlaut bei, woraufhin er das Ruderboot in einigen schnellen Zügen unter die Brücke manövrierte. Wahrscheinlich war es sowieso schon zu spät und ich würde unseren Ausflug mit einem Sonnenbrand abschließen, aber nun konnte ich es auch nicht mehr ändern.

Kaum hatte er das Boot in den Schatten befördert, ließ er die Ruder los und beugte sich besorgt zu mir rüber, um sich ein Bild von der Schwere des Sonnenbrandes zu machen. »Du solltest dich das nächste Mal definitiv eincremen«, wandte er sich besorgt an mich, bevor sich dann doch noch ein Lächeln auf seine Lippen schlich, »aber du wirst es überleben, schätze ich.« Bevor ich dazu kam, etwas zu erwidern, verließ er den Platz neben den Rudern und setzte sich stattdessen neben mich.

»Was wird das jetzt?« Ich war so überrumpelt von seiner plötzlichen Nähe, dass ich automatisch den Atem anhielt.

»Was wäre ein Ruderausflug ohne ein Erinnerungsbild?« Ganz selbstverständlich zog er sein Handy hervor und ich beobachtete ungläubig, wie er die Frontkamera startete. Obwohl er bereits neben mir saß, rückte er für das Foto noch ein wenig näher an mich heran. Einen Arm legte er sanft um mich, während er mit der anderen Hand das Smartphone vor unsere Gesichter hielt. Er war so nah neben meinem Gesicht, dass ich seine Körperwärme ganz deutlich spüren konnte. Gabriel schien die Spannung zwischen uns auch zu bemerken, denn ich konnte auf dem Display seines Telefons sehen, wie er mich ansah.

Aus einem spontanen Impuls heraus schloss ich meine Augen und beugte mich noch ein Stück weiter in seine Richtung. Ein Teil von mir hoffte anscheinend darauf, dass Gabriel die letzten Zentimeter zwischen uns überbrücken und seine Lippen mit meinen vereinen würde. Allerdings war die Magie des Moments schneller vorbei, als mir lieb war, und anstelle eines Kusses ertönte lediglich das Auslösegeräusch der Kamera.

Als ich meine Augen wieder öffnete, bemerkte ich, dass Gabriel erschrocken auf seinen Platz zurückgewichen war. Er hatte den Blick von mir abgewandt, während sich kleine Falten auf seiner Stirn gebildet hatten.

Scheiße! Was war hier gerade passiert? Hatte ich ernsthaft in Erwägung gezogen, Gabriel zu küssen? Ganz davon zu schweigen, dass er zurückgewichen war, als säße der leibhaftige Teufel vor ihm.

»Ist alles in Ordnung?«, fragte ich nach einer Weile unsicher, weil ich die Stille zwischen uns nicht mehr aushielt. Ich fühlte mich gedemütigt, wollte die Situation aber wenigstens versuchen zu überspielen. Hatte ich mir die plötzliche Nähe zwischen uns etwa nur eingebildet?

»Sicher«, entgegnete er und unterstrich seine Aussage mit einem halbherzigen Lächeln. Seine plötzliche Wesensänderung verunsicherte mich und ich wusste überhaupt nicht mehr, wie ich mich verhalten sollte. Dementsprechend zog ich mich ebenfalls zurück und hing meinen Gedanken nach. Zu gerne hätte ich den wahren Grund für seine plötzliche Zurückhaltung erfahren, aber ich traute mich nicht, erneut nachzufragen. Im Stillen betete ich nur, dass er nicht bemerkt hatte, wozu ich noch vor ein paar Minuten bereit gewesen wäre.

Nachdem wir das Boot schließlich zurückgebracht hatten, schoss ich noch einige Bilder von der malerischen Umgebung. Die Stimmung zwischen uns war angespannt, aber ich hatte absolut keine Ahnung, was überhaupt los war.

»Lass uns gleich nach Hause fahren. Ich glaube, für eine Fahrt nach Coney Island bin ich zu erschöpft«, äußerte ich vorsichtig, als wir uns bereits auf dem Rückweg zu seinem Wagen befanden. Insgeheim hoffte ich, er würde widersprechen und doch Interesse an weiteren Unternehmungen mit mir zeigen, aber stattdessen nickte er nur zustimmend.

Als wir erneut durch die Straßen von New York fuhren, war die Stimmung am Tiefpunkt. Bevor wir uns jedoch endgültig auf den Heimweg machten, gestattete Gabriel mir noch einen kurzen Abstecher zum Empire State Building. Ihm war trotz allem bewusst, dass ich dort Fotos machen wollte. Allerdings musste ich die Bilder alleine machen, denn er zog es vor, im Auto sitzen zu bleiben. Während ich also versuchte, mich darauf zu konzentrieren, einigermaßen passable Aufnahmen von dem Wahrzeichen anzufertigen, kreisten meine Gedanken permanent um ihn und die Situation, welche ich anscheinend vollkommen falsch gedeutet hatte.

Als ich nach einer Weile in den Wagen zurückkehrte, wartete Gabriel darauf, dass ich den Sicherheitsgurt anlegte, bevor er den Wagen schweigend auf den Highway lenkte. Währenddessen ließ ich mich immer tiefer in den Sitz sinken und sinnierte darüber, was ich bloß falsch gemacht haben könnte.

18. Der Schwur

Laut Navigation würden wir gegen 22 Uhr in Richmond ankommen und ich bereitete mich bereits innerlich auf eine unbehagliche Fahrt vor. Mittlerweile war ich mir nämlich ziemlich sicher, dass seine Gemütsänderung an mir liegen musste. Wahrscheinlich war ich ihm schlicht zu uncool und er hatte nur einige Zeit benötigt, um zu diesem Schluss zu gelangen. Insgeheim lachte er vermutlich innerlich über mich und über die Tatsache, dass ich auf dem See tatsächlich bereit gewesen wäre, mich von ihm küssen zu lassen.

Tränen schossen mir in die Augen und in meinem Hals bildete sich ein dicker Kloß. Wie hatte ich nur so naiv sein und annehmen können, er mochte mich?

Verstohlen wischte ich mir mit dem Handrücken über mein Gesicht. Ich wollte unter keinen Umständen, dass er etwas von meinem Gefühlsausbruch mitbekam. Glücklicherweise war Gabriels Aufmerksamkeit ohnehin stur auf den Verkehr gerichtet.

Nach einiger Zeit schloss ich meine Augen, und mein Versuch, mich zu beruhigen, führte doch tatsächlich dazu, dass ich einschlief. Schon wieder. Das aufdringliche Vibrieren meines Handys riss mich jedoch irgendwann aus einem ziemlich wirren Traum, und ich brauchte ein paar Sekunden, um mich zu orientieren. Als ich realisierte, dass ich noch immer mit Gabriel im Auto saß, zog sich mein Magen zusammen, aber ich hatte nicht viel Zeit, um mir weitere Gedanken über die Situation zu machen.

Hektisch zog ich das Telefon aus meiner Jackentasche und sofort leuchtete mir ein Name von meinem Display entgegen.

Eingehender Anruf von Amy.

»Hey, wo steckst du? Ich stehe schon seit zwanzig Minuten vorm *Movieland* und der Film fängt gleich an«, begrüßte mich meine beste Freundin vorwurfsvoll, als ich verhalten das Telefonat entgegennahm.

Shit! Ich hatte unseren Kinoabend vollkommen vergessen.

»Ich ... ähm ... Es tut mir leid, ich schaffe es nicht mehr rechtzeitig«, erwiderte ich kleinlaut und konnte nicht fassen, dass mir unsere Verabredung tatsächlich entfallen war. So etwas war mir vorher noch nie passiert.

»Wie? Wo steckst du denn? Ist alles in Ordnung?«, wollte sie umgehend von mir wissen und ich konnte an ihrer Stimme erkennen, dass sie zwischen Sorge und Ärger schwankte.

»Ich erkläre es dir später, ja?«, flüsterte ich und versuchte, sie auf diese Weise abzuwimmeln. Es war mir dermaßen unangenehm und ich war nicht sicher, ob mein Gesicht wegen des Sonnenbrands glühte oder aufgrund der Tatsache, dass ich neben Gabriel dieses Telefonat führen musste.

»Moment mal! Du versetzt mich und jetzt willst du mir noch nicht mal verraten, was los ist? Sag mir sofort, wo du bist!«

Mittlerweile überwog eindeutig der Ärger in Amys Stimme und sie dachte überhaupt nicht daran, sich so einfach von mir abspeisen zu lassen. Wenn sie aufgebracht war, verdoppelte sich die Lautstärke ihrer Stimme, was zur Folge hatte, dass Gabriel jedes Wort von ihr hören konnte.

»Wir durchqueren gerade Baltimore. Wenn der Verkehr weiter so ruhig bleibt, sind wir in etwas mehr als zwei Stunden zurück in Richmond«, mischte er sich plötzlich ein, woraufhin ich ihm einen schockierten Blick zuwarf. Das konnte unmöglich sein Ernst sein. Erst ignorierte er mich und wenn Amy am Hörer war, fand er plötzlich seine Sprache wieder?

Ich konnte buchstäblich hören, wie Amy scharf die Luft einzog. Natürlich hatte sie jedes seiner Worte gehört. »Du bist mit diesem Penner unterwegs? In Baltimore? Macht ihr jetzt einen auf Happy Family und ich bin abgeschrieben? Na, vielen Dank auch!«

»Nein, so ist das doch überhaupt nicht …«, versuchte ich, die Situation zu retten, aber meine beste Freundin hatte bereits aufgelegt. Viel schlimmer konnte dieser Tag wirklich nicht mehr werden.

»Sorry, ich hätte mich nicht einmischen sollen«, ergriff Gabriel nach einer Weile das Wort. Er warf mir einen kurzen entschuldigenden Blick zu, bevor er sich wieder vollkommen auf den Verkehr fokussierte.

»Jetzt ist es sowieso zu spät«, erwiderte ich resigniert und verstaute mein Smartphone wieder in meiner Jeansjacke. Ich sah keinen Sinn darin, ihm Vorwürfe zu machen. Er hatte immerhin nicht ahnen können, wie Amy reagieren würde.

Die restliche Fahrzeit verbrachten wir schweigend und ich freute mich unglaublich, als Gabriel den Wagen endlich in unserer Einfahrt parkte. Gerade als ich meine Türe öffnen wollte, um dieser Situation zu entfliehen, legte er mir jedoch völlig unvermittelt eine Hand auf meine Schulter. Ein kurzer Hoffnungsschimmer durchfuhr meinen Körper und obwohl ich mich dagegen wehrte, sehnte ich mich insgeheim nach einer plausiblen Erklärung seinerseits.

»Wenn mein Vater fragt, ob alles okay war … Kannst du ihm dann sagen, dass alles cool zwischen uns ist?«

»Klar«, entgegnete ich daraufhin nur kühl und schüttelte mit einer kräftigen Bewegung seine Hand ab. Was stimmte nur nicht mit ihm? Erst setzte er alle Hebel in Bewegung, um Zeit mit mir zu verbringen, und plötzlich war seine einzige

Sorge, dass ich seinem Dad etwas Schlechtes über ihn erzählen könnte?

Immer noch fassungslos über meine eigene Naivität, verließ ich eilig das Fahrzeug. Gabriel war mir trotzdem einen Schritt voraus und hatte bereits meine Reisetasche aus dem Kofferraum geholt, als ich den Wagen umrundete. Ich riss sie ihm ohne ein weiteres Wort aus der Hand und lief so schnell wie möglich die Treppen zu unserer Veranda hinauf. Noch während ich meinen Schlüssel hervorholte, hörte ich, wie Gabriel hinter mir wieder in sein Auto stieg und den Motor startete.

Nur mit Mühe kämpfte ich gegen die aufsteigenden Tränen an, als ich ins Innere meines Hauses eintrat, und ich schwor mir, mich ab sofort von ihm fernzuhalten.

19. Der Tiger in meinem Zimmer

Natürlich kam ich nicht umhin, meiner Mom und Robert von unserem Ausflug nach New York zu erzählen. Seit er bei uns eingezogen war, legte er ohnehin großen Wert darauf, sich in mein Leben einzubringen. Wann immer wir uns begegneten, erkundigte er sich nach meinem Befinden – was sicherlich nett gemeint war, aber zeitweise auch recht anstrengend sein konnte.

Sobald ich das Haus betreten hatte, kamen die beiden in den Flur gelaufen, um mich zu begrüßen. Sie waren erwartungsgemäß sehr interessiert daran, wie unser Kurztrip verlaufen war und ob sich die Stimmung zwischen mir und Gabriel verbessert hatte.

Robert schien besonderen Wert daraufzulegen, ob Gabriels Verhalten mir gegenüber angemessen gewesen war. Er fragte mehrfach explizit danach und obwohl ich wirklich versucht war, ihm das merkwürdige Verhalten seines Sohnes unter die Nase zu reiben, entschied ich mich dagegen. Stattdessen hielt ich die Schilderung unserer Reise kurz und neutral. Anschließend entschuldigte ich mich mit vorgeschobener Müdigkeit, um endlich in mein Zimmer verschwinden zu können.

Oben angekommen schmiss ich meine Reisetasche achtlos in die Ecke und ließ mich erschöpft auf mein Bett fallen. Ich versuchte, an etwas anderes zu denken, aber meine Gedanken drehten sich permanent um Gabriel und sein Verhalten. Hatte ich ihn wirklich küssen wollen? Nicht auszudenken, wenn er das in der Schule rumerzählen würde. Ich konnte wirklich nur beten, dass er von meinem Anflug von geistiger Verwirrtheit nichts mitbekommen hatte.

Ohne weiter zu zögern, griff ich nach meinem Handy und wählte Amys Nummer. Zum einen schuldete ich ihr noch eine Erklärung, zum anderen benötigte ich ganz dringend ihren Zuspruch. Auch wenn ich insgeheim befürchtete, von ihr den Kopf abgerissen zu bekommen.

»Na, ist dein neuer Kumpel weg und nun bin ich wieder gut genug?«, meldete sich Amy schnippisch und mir gefiel die Gehässigkeit in ihrer Stimme überhaupt nicht. Allerdings war mir klar, dass sie damit nur ihre Kränkung überspielte.

»Es tut mir unendlich leid«, entgegnete ich flehend und hoffte nur, sie würde nicht wieder einfach auflegen. »Kann ich dir bitte alles erklären?«

»Auf die Erklärung bin ich aber wirklich gespannt«, kam es von ihr nach kurzer Zeit zurück, aber sie klang noch immer ziemlich wütend. »Ich zieh mir kurz etwas über und bin gleich bei dir.«

Obwohl ich im Vorfeld nicht wirklich mit einem Besuch von ihr gerechnet hatte, freute ich mich über die Möglichkeit, mit ihr persönlich zu sprechen. Meiner Meinung nach ließen sich Differenzen am besten von Angesicht zu Angesicht aus der Welt schaffen.

Nicht einmal zwanzig Minuten später saß ich auch schon mit Amy auf meinem Bett, nachdem unsere Begrüßung eher verhalten ausgefallen war. Sie machte kein Geheimnis daraus, dass ich sie mit meinem Handeln verletzt hatte.

»Also?«, forderte sie mich mit hochgezogener Augenbraue zum Reden auf, während sie abweisend die Arme vor der Brust verschränkt hatte. Sie war offensichtlich immer noch sauer, allerdings konnte ich auch ganz deutlich die Neugierde in ihren Augen aufblitzen sehen.

Ich holte einmal tief Luft und begann meine Schilderung der letzten vierundzwanzig Stunden. Es laut auszusprechen, wirbelte alle möglichen Gefühle in mir auf, und ich versuchte, jedes Detail genauestens wiederzugeben. Als ich schließlich fertig war, standen mir erneut Tränen in den Augen. Dieses Mal kämpfte ich jedoch nicht dagegen an und ließ ihnen freie Bahn, aber durch die warme Nässe brannte meine vom Sonnenbrand gerötete Haut noch mehr als ohnehin schon.

Bevor Amy etwas erwiderte, lehnte sie sich seufzend nach vorne und angelte ein Paket Taschentücher von meinem Nachttisch. Wortlos zog sie ein Papiertuch aus der Plastikhülle und beugte sich anschließend zu mir, um behutsam die Tränen auf meinem Gesicht zu trocknen.

»Du bist ziemlich verrückt, das ist dir klar, oder?«, richtete sie schließlich das Wort an mich und ihre grauen Augen wirkten plötzlich überhaupt nicht mehr wütend. Vielmehr schien sie Mitleid mit mir zu haben, was mich ehrlich gesagt ein wenig verwirrte.

»Es war so dumm von mir, dir nichts von dem Ausflug mit Gabriel zu erzählen und dann auch noch unseren Kinoabend zu vergessen«, gab ich schließlich resigniert zurück. Ich konnte überhaupt nicht in Worte fassen, wie leid es mir tat.

»Das meine ich doch gar nicht«, antwortete sie sogleich und schüttelte heftig ihren Kopf. »Ich bin nicht mehr sauer auf dich. Wir haben jetzt anscheinend ein ganz anderes Problem.«

»Du bist nicht mehr sauer?«, fragte ich ungläubig und sah sie mit großen Augen an. Normalerweise kannte ich meine beste Freundin und sie war ziemlich nachtragend. Auch wenn sie das natürlich nie zugegeben hätte.

»Nein, bin ich nicht.« Amy hatte sich mittlerweile erhoben und lief in meinem Zimmer auf und ab wie ein Tiger, während sie sich permanent überlegend an ihr Kinn tippte.

»Was ist denn los?«, wollte ich irritiert von ihr wissen und war nun ebenfalls aufgestanden. Wenn sie wie eine Raubkatze hin und her schlich, hatte das nie etwas Gutes zu bedeuten.

»Sophia Turner, du hast dich in dieses Arschloch verliebt!«, rief sie plötzlich laut aus, während sie ihre Hände auf meine Schultern legte und mich schockiert ansah.

Meinte sie das wirklich ernst? Das war doch total absurd!

»So ein Quatsch!«, wiegelte ich ab und lachte gespielt auf. »Du reimst dir da was zusammen.«

»Ach wirklich? Ich glaube, Gabriel Wright hat dir den Kopf verdreht, oder warum wärst du bereit gewesen, ihn zu küssen?«

Genervt ließ ich mich zurück auf mein Bett fallen und starrte erneut die Leuchtsterne an meiner Decke an. Amys Behauptungen waren doch total an den Haaren herbeigezogen. Immerhin kannte ich Gabriel kaum und außerdem musste die Hitze auf dem See irgendwie dazu geführt haben, dass mein Gehirn einen Kurzschluss erlitten hatte. »Das ist der größte Blödsinn, den ich jemals gehört habe! Er ist ganz sicher der letzte Mensch –«

»Stopp!«, unterbrach mich meine beste Freundin energisch und bedeutete mir mit einem Handzeichen, dass ich endlich still sein sollte. »Du machst es mit deinen Gegenargumenten auch nicht besser! Wir sollten uns stattdessen dringend einen Plan überlegen.«

»Einen Plan?«, hakte ich verwundert nach. Mittlerweile verstand ich gar nichts mehr. Sie konnte doch unmöglich annehmen, dass ich tatsächlich Gefühle für diesen Schwachkopf entwickelt hatte, oder?

»O ja! Und ich habe da auch schon ein paar Ideen«, erwiderte sie entschieden, während sie sich bereits motiviert die Hände rieb.

20. Gerüchteküche

Amy blieb spontan über Nacht bei mir und wir verbrachten die Zeit damit, uns Verhaltensstrategien für mich bezüglich Gabriel zu überlegen. Außerdem bestand meine beste Freundin darauf, mir eine Mischung aus Quark und Öl auf mein Gesicht zu streichen, um den Sonnenbrand zu lindern und so dafür zu sorgen, dass die Rötung schneller zurückging.

Während ich also mit der kühlen Quarkmaske auf meinem Bett lag, versuchte ich, Amy immer wieder davon zu überzeugen, dass ich nicht in Gabriel verliebt war. Ob sie mir tatsächlich glaubte, konnte ich nicht beurteilen, aber irgendwann ließ ich es zumindest gut sein und wir schauten uns zur Ablenkung einen Horrorfilm auf einem bekannten Streaming-Portal an. Das war ich meiner Freundin schließlich noch schuldig.

Nachdem Amy am nächsten Morgen nach dem Frühstück gegangen war, nutzte ich den restlichen Sonntag dafür, an meiner Fassung des Berichts über New York zu arbeiten. Natürlich hing das Empfehlungsschreiben nicht nur von diesem Artikel ab, allerdings hatte Mr Porter deutlich gemacht, dass er den Ausarbeitungen des letzten Schuljahres besonderen Stellenwert zuschrieb. Daher musste dieser Artikel einfach perfekt werden.

Es war ein komisches Gefühl, die Bilder zu betrachten, und ich erwischte mich dabei, wie meine Gedanken immer wieder zu Gabriel abschweiften. Sein Verhalten war mir einfach ein Rätsel, aber ich hatte mit Amy besprochen, ihn von nun an zu ignorieren. Deshalb ergab es eigentlich auch keinen Sinn, über seine Intentionen zu philosophieren.

Schneller als mir lieb war, fand ich mich Montagmorgen auch schon im Schulbus neben Amy wieder. Völlig übermüdet ließ ich mich auf den freien Sitz neben ihr fallen und schaffte es nur mühsam, ein Gähnen zu unterdrücken.

»Du hast auch schon mal besser ausgesehen. Mach dich doch wegen diesem Arsch nicht so fertig«, begrüßte sie mich auf ihre charmante Art, während sie mir mit ihrem Ellenbogen aufmunternd in die Seite stupste. Gemeinsam waren wir zu dem Schluss gekommen, dass Gabriel wahrscheinlich nichts von dem Vorfall auf dem See rumerzählen würde, da er damit einen Streit mit Rachel provozieren würde. Trotzdem fühlte ich mich unbehaglich dabei, ihm wieder unter die Augen treten zu müssen.

»Dass ich so müde aussehe, hat nichts mit ihm zu tun, okay?!«, zischte ich ihr zu und bedeutete ihr mit meinen Augen, ruhig zu sein. Man konnte schließlich nie wissen, ob jemand zuhörte, und auf die Gerüchteküche unserer Highschool hatte ich wirklich keine Lust. Ich beteiligte mich weder an den Lästereien, noch wollte ich ein Teil von diesen sein.

»Schon gut«, erwiderte meine Freundin und hob ergeben ihre Hände. Damit war dieses leidige Thema glücklicherweise vorerst abgehakt und ich ließ meinen Blick den restlichen Weg gedankenverloren aus dem Fenster schweifen. Was hätte ich dafür gegeben, die Zeit zurückzudrehen und wieder einfach nur die alte Sophia sein zu dürfen.

Als wir schließlich unsere Schule erreichten, straffte ich meine Schultern und versuchte, den Parkplatz möglichst selbstbewusst zu überqueren. Amy wich mir nicht von der Seite, aber als ich Gabriels SUV erblickte, bildete sich augenblicklich ein Kloß in meinem Hals und ich stoppte in meiner Bewegung.

Genau in diesem Moment öffnete sich die Beifahrertür und Rachel stieg aus seinem Auto, während er die Fahrertür öffnete und ebenfalls das Innere seines Wagens verließ. Gabriel umrundete das Fahrzeug, legte einen Arm um seine Freundin und schlenderte mit ihr gemeinsam in Richtung des Haupteingangs.

»Geht es dir gut?«, wollte Amy von mir wissen, während ich den beiden noch immer mit offenem Mund hinterherstarrte.

»Natürlich«, log ich und zwang mich, endlich den Blick abzuwenden. In Wahrheit pochte mein Herz wie wild in meiner Brust. Gabriel hatte Rachel in New York weggedrückt, als sie ihn telefonisch hatte erreichen wollen, aber anscheinend hatten sie ihre Differenzen klären können. Wie *schön* für ihn.

Amy begleitete mich noch bis zu meinem Schließfach, bevor wir uns vorläufig verabschiedeten und uns jeweils auf die Wege zu unseren Kursräumen begaben. Wenigstens würde mein Tag mit Kunst starten und nicht mit einem mental anstrengenden Fach.

»Sophie! Hey! Warte mal kurz!«, hörte ich hinter mir eine weibliche Person flöten. Ich brauchte mich nicht umzudrehen, um Rachel zu identifizieren. Unabhängig von dem hellen Klang ihrer Stimme, war sie die Einzige, die anscheinend nicht in der Lage war, mich mit meinem richtigen Namen anzusprechen.

»Hallo«, begrüßte ich sie zögerlich, als sie zu mir aufgeschlossen hatte. Sie schien irgendwie aufgedreht zu sein, denn sie umschloss mein Handgelenk mit einem festen Griff und zog mich an den Rand des Korridors.

»Ich gebe diesen Freitag eine Party bei mir zu Hause und ich möchte, dass du auch kommst«, platzte sie heraus und sah mich erwartungsvoll an. Als ich sie nur völlig entgeistert anstarrte, ergänzte sie schnell: »Tut mir leid, wenn ich in der Mensa etwas schroff zu dir und deiner Freundin war. Mich würde es wirklich freuen, wenn du auch dabei wärst.«

»Rachel, das ist wirklich sehr nett von dir, aber ...«, begann ich und versuchte, mir eine zumindest ansatzweise höflich klingende Ausrede einfallen zu lassen. »... ich muss einen wichtigen Artikel vorbereiten.«

Wow. Etwas Besseres konnte ich mir natürlich nicht überlegen.

»Du meinst den Artikel über New York? Das ist kein Problem! Ich bin im Planungskomitee, wie du sicherlich weißt, und ich werde ein gutes Wort für deine Vorschläge einlegen. Wir sehen uns dann Freitag bei mir«, entgegnete sie daraufhin euphorisch, während sie eine blonde Strähne um ihren Finger wickelte und mir siegessicher entgegenblickte. Ohne eine weitere Antwort von mir abzuwarten, drehte sie sich auch schon wieder weg und stolzierte erhobenen Hauptes den Korridor entlang.

»So ein verdammter Mist«, murmelte ich zu mir selbst und ärgerte mich darüber, nicht schlagfertiger gewesen zu sein. Ich konnte unter keinen Umständen auf diese blöde Party gehen, so viel war sicher. Letztes Schuljahr hatten weder Rachel noch Gabriel gewusst, dass ich überhaupt existierte, und in diesem Moment hätte ich alles gegeben, um diesen Zustand zurückzuerlangen.

Nachdem ich alle Kurse des Tages hinter mich gebracht hatte, machte ich mich auf den Weg zum Journalismus-Club. Glücklicherweise war Gabriel mir den gesamten Tag nicht über den Weg gelaufen, und ich hoffte inständig, dass ich ihm ebenfalls nicht im Clubraum begegnen würde. Allerdings traute ich ihm mittlerweile alles zu und so hatte ich mich mental natürlich auf ein mögliches Zusammentreffen vorbereitet.

Bevor ich die Tür zu unserem Raum öffnete, atmete ich einmal tief durch und versuchte, mich zu sammeln. Ich musste so selbstbewusst wie möglich wirken. Mit einer schnellen Bewegung trat ich schließlich in den Raum und stellte erleichtert fest, dass er nicht dort war.

Lauren und Jackson saßen bereits an einem der Tische, hatten einen Laptop vor sich platziert und schienen ziemlich vertieft in etwas zu sein.

»Hey, ihr beiden«, begrüßte ich sie gelöst, während ich mich auf einen freien Stuhl sinken ließ.

»Hi, Sophia!«, riefen meine beiden Freunde gleichzeitig und warfen sich einen merkwürdigen Blick zu. Als ich den Laptop ein Stückchen zu mir drehen wollte, um zu sehen, an was sie gerade arbeiteten, ließ Lauren jedoch abrupt den Bildschirm zuknallen.

»Was soll das denn?«, stellte ich sie umgehend zur Rede. Hatten jetzt etwa alle den Verstand verloren?

»Das solltest du dir lieber nicht ansehen«, antwortete Lauren eindringlich und auch Jackson schüttelte nur unbeholfen den Kopf. Ich hatte keine Ahnung, was hier vor sich ging, aber ich würde es ganz sicher nicht einfach auf sich beruhen lassen.

»Seid doch nicht albern!«, erwiderte ich also trotzig und zog den Laptop mit einem energischen Ruck zu mir herüber.

Während meine Freunde noch immer lautstark protestierten, klappte ich bereits den Monitor nach oben. Auf dem Computer war ein offenbar neu eröffneter Instagram-Account mit dem vielsagenden Namen *Face the Truth* geöffnet.

Dieser Account hatte genau ein Foto veröffentlicht: Gabriel und ich gemeinsam im Ruderboot, mein Kopf sanft in seine Richtung geneigt, die Augen geschlossen, während er mich einfach nur ansah. Man musste kein Genie sein, um die dieses Foto zu deuten. Daneben stand in großen roten Buchstaben: *BITCH!*

21. Die Höhle des Löwen

Der Anblick des Fotos ließ mich in eine Art Schockstarre verfallen. Vollkommen regungslos starrte ich auf den Bildschirm, während sich meine Gedanken überschlugen. Gabriel hatte das Foto mit seinem Handy aufgenommen und somit war mir sofort klar, wer hinter dieser Aktion stecken musste.

»Sophia? Alles wird wieder gut, hörst du?«, Lauren hatte ihre Hand behutsam auf meine Schulter gelegt und erst in diesem Moment realisierte ich, dass mein Gesicht tränenüberströmt war. Ich konnte mir einfach nicht erklären, wieso er mir das antat. Wahrscheinlich saß er genau in diesem Augenblick mit seinen Kumpeln zusammen und lachte sich über meine Naivität kaputt.

»Ich muss jetzt wirklich alleine sein«, brachte ich unter heftigem Schluchzen hervor, bevor ich von meinem Stuhl aufsprang und aus dem Raum lief. Ich hörte noch, wie Jackson und Lauren mir etwas hinterherriefen, aber ich ignorierte sie und rannte, so schnell ich konnte, den Korridor entlang.

Die meisten Schüler hatten die Schule bereits verlassen und so stoppte ich erst, als ich völlig außer Atem den Parkplatz erreicht hatte. Kraftlos ließ ich mich auf den Grünstreifen neben einer leeren Parkbucht sinken und vergrub das Gesicht in meinen Händen. Ich fühlte mich so gedemütigt wie nie zuvor in meinem Leben.

Es dauerte nicht allzu lange, da spürte ich, wie sich jemand neben mich setzte. Als ich die Finger von meinem Gesicht löste, erkannte ich, dass es Amy war. Wortlos legte sie einen Arm um mich, sodass ich meinen Kopf auf ihrer Schulter ablegen konnte.

»Lauren und Jackson haben mich sofort aus dem Schwimmtraining geholt«, erklärte sie ihr plötzliches Auftauchen und ich war ihr unglaublich dankbar dafür, immer für mich da zu sein. Trotzdem schämte ich mich in Grund und Boden. Sie hatte von Anfang an recht gehabt, was Gabriel anbelangte.

»Hast du das Foto gesehen?«, fragte ich, als ich mich einigermaßen beruhigt hatte und wieder in der Lage war, ganze Sätze zu sprechen.

»Ja«, antwortete sie schlicht, aber ich spürte, wie sich ihr Körper anspannte. »Dieses Arschloch steckt dahinter, richtig?«

»Ich hätte auf dich hören sollen«, schluchzte ich reumütig und kniff meine brennenden Augen zusammen. Anscheinend war mein Körper nicht mehr in der Lage, noch mehr Tränen zu produzieren.

»Er wird dafür bezahlen, so viel ist sicher«, erwiderte meine Freundin hasserfüllt und ich konnte mir lebhaft vorstellen, wie sie auf ihn losgehen würde. Allerdings wurde mir in diesem Augenblick klar, dass ich das auf keinen Fall wollte.

»Nein, du hältst dich da bitte raus, okay?«, äußerte ich meine Gedanken schließlich und hob meinen Kopf leicht an, um ihre Reaktion zu sehen. Wie ich vermutet hatte, warf sie mir einen überraschten Blick zu und wartete auf eine Erklärung von mir.

»Es ist wichtig für mich, die Angelegenheit selbst zu klären. Ich kann mich nicht immer hinter dir verstecken.« Obwohl mein Körper noch immer von gelegentlichem Schluchzen geschüttelt wurde, hatte ich mich einigermaßen beruhigt. Wenn ich das letzte Jahr an der Highschool überleben wollte, musste ich in die Offensive gehen und durfte mich nicht von irgendwelchen Idioten zum Opfer machen lassen.

»Wie du meinst, aber wenn er dir zu nah kommt, kann ich für nichts garantieren«, antwortete meine Freundin skeptisch. »Und ich möchte ganz genau wissen, was du jetzt vorhast!«

»Ehrlich gesagt, habe ich noch keine Ahnung«, seufzte ich und ging in Gedanken meine Möglichkeiten durch. »Er soll bloß nicht denken, in irgendeiner Weise Macht über mich zu besitzen.«

»Also meiner Meinung nach hat der Schnösel eine richtige Abreibung verdient, weil Typen wie er immer mit allem durchkommen. Was wohl seine Freundin dazu sagt?«, gab Amy wütend zurück, während sie mit einer Hand Grashalme aus dem Boden zupfte und diese dann energisch neben sich schmiss.

»Ich mag Rachel auch nicht sonderlich, aber ich denke nicht, dass sie etwas damit zu tun hat. Sie kam vorhin auf mich zu und hat mir ihre Unterstützung bezüglich des Artikels über New York angeboten. Außerdem hat sie sich für ihr Verhalten in der Mensa entschuldigt und mich sogar zu einer Party in ihrem Haus eingeladen. Ich werde natürlich nicht hingehen, aber –«

»Moment!«, fiel mir Amy plötzlich ins Wort. Mit einer schnellen Bewegung erhob sie sich von dem Grünstreifen und zog mich mit einer Hand ebenfalls in den Stand. »Das ist doch die perfekte Gelegenheit!«

»Die perfekte Gelegenheit wofür?«, wollte ich irritiert von ihr wissen, während sie mich bereits verschwörerisch angrinste.

»Wir werden auf diese Party gehen und uns richtig amüsieren. Gabriel wird seinen Augen nicht trauen, wenn er uns dort sieht! Dann wird er definitiv checken, dass du über ihm und seinen Spielchen stehst.« Amy klatschte bereits voller Vorfreude in die Hände, während ich noch immer dabei war, ihre Worte zu verarbeiten. Das war doch wohl hoffentlich nicht ihr Ernst?

»Vergiss es! Ich will einfach nur irgendwie dieses letzte Schuljahr hinter mich bringen, um dann am College endlich wieder in Frieden leben zu können«, erwiderte ich kopfschüttelnd und konnte nur mühsam der Versuchung widerstehen, meiner besten Freundin einen Vogel zu zeigen.

»Du musst dich ja nicht sofort entscheiden, aber ich denke, es ist ein guter Plan. Außerdem zeigst du nicht nur Gabriel, dass du dich nicht unterkriegen lässt, sondern auch sämtlichen anderen Schülern, die dieses Foto gesehen haben. Es ist nun mal jetzt deine Realität, im Mittelpunkt zu stehen, ob du willst oder nicht.«

Während wir uns schließlich auf den Weg zur Bushaltestelle machten, ließ ich Amys Vorschlag gedanklich Revue passieren. Es klang noch immer völlig absurd für mich, tatsächlich in Erwägung zu ziehen, diese Party zu besuchen. Allerdings konnte ich mir ziemlich gut vorstellen, dass ich die letzte Person war, die Gabriel dort erwarten würde.

Nachdem ich schließlich zu Hause angekommen war, schloss ich die Haustür auf. Irritiert stellte ich fest, dass der Duft von frisch gekochtem Essen in der Luft lag. Diese Tatsache verwirrte mich zugegebenermaßen, da meine Mom aufgrund ihrer Arbeitszeiten häufig erst abends zum Zubereiten von Mahlzeiten kam. Bevor ich jedoch weiter darüber nachdenken konnte, vernahm ich auch schon Roberts Stimme aus der Küche. Anscheinend hatte er die Haustür gehört und somit geschlussfolgert, dass ich nach Hause gekommen war.

»Sophia? Kommst du mal bitte?«, rief er gut gelaunt, woraufhin ich seiner Bitte wenig enthusiastisch Folge leistete.

Robert stand vor dem Herd und war offensichtlich dabei, zwei Steaks zuzubereiten, wie ich bei einem prüfenden Blick in die Pfanne feststellte. »Bist du schon mal so lieb und reichst mir zwei Teller?«, schob er wie selbstverständlich nach, ohne den Blick von dem Inhalt der Pfanne abzuwenden. »Mom ist doch noch gar nicht zu Hause«, entgegnete ich verwundert, woraufhin Robert die Pfanne von der Kochplatte schob und mich ansah.

»Es wird heute später bei ihr, aber ich habe ihr angeboten, dass ich für dich koche, bevor ich zu meiner Schicht ins Krankenhaus fahre.«

Obwohl es nett gemeint war, stand mir gar nicht der Sinn nach einem gemeinsamen Essen mit meinem Stiefvater. Eigentlich wollte ich mich nur ins Bett legen und versuchen, nicht über diesen gemeinen Instagram-Post nachzudenken. Trotzdem trat ich an den Schrank mit dem Geschirr heran und zog zwei Teller hervor. Dankbar nahm Robert sie mir aus der Hand, um die beiden Steaks darauf zu platzieren. Anschließend öffnete er den Ofen, um die darin befindlichen Pommes ebenfalls auf die Teller zu verteilen.

Nachdem ich das Besteck aus der Schublade geholt hatte, nahmen wir gemeinsam am Esstisch Platz.

»Wie war es in der Schule?«, wollte er von mir wissen, während er bereits die erste Gabel zu seinem Mund führte.

Ganz falsches Thema.

»Es läuft gut«, log ich anscheinend wenig überzeugend, denn Robert ließ auf der Stelle das Besteck sinken, als er meinen Blick sah.

»Was ist los? Kann ich dir irgendwie helfen?«, wollte er von mir wissen, sein prüfender Blick eindringlich auf mich gerichtet.

»Ich habe mich bloß mit meiner Freundin gestritten«, versuchte ich, mich aus der Affäre zu ziehen, bevor ich erneut begann, in meinem Essen herumzustochern.

»Verstehe. Wenn du darüber reden möchtest, stelle ich mich gerne als Ansprechpartner zur Verfügung.«

»Das ist wirklich nett, aber im Moment ist mir nicht nach Reden zumute. Hättest du etwas dagegen, wenn ich in mein Zimmer gehe? Ich möchte nicht unhöflich sein, aber ich bekomme jetzt sowieso keinen Bissen herunter.« Es hatte mich einigen Mut gekostet, die Worte auszusprechen, denn ich wollte ihn nicht vor den Kopf stoßen. Glücklicherweise zeigte er sich sehr einfühlsam, weshalb ich ohne Diskussionen, aber trotzdem mit dem Anflug eines schlechten Gewissens, in mein Zimmer gehen konnte.

Dort angekommen ließ ich mich erschöpft auf meine Matratze sinken, während meine Gedanken noch immer um Amys Vorschlag kreisten. Den Überraschungseffekt hätte ich bei dieser Aktion definitiv auf meiner Seite, aber war ich wirklich so mutig, mich in die Höhle des Löwen zu begeben?

22. Et voilà!

Es fiel mir wirklich nicht leicht, an den folgenden Tagen das Verhalten einiger Mitschüler zu ertragen. Manche tuschelten hinter meinem Rücken, andere lachten mir unverhohlen ins Gesicht und ein paar von ihnen warfen mir mitleidige Blicke zu.

Als ich davon ausging, dass es nicht schlimmer werden konnte, bemerkte ich, dass jemand mit schwarzer Farbe eine Botschaft auf meinen Spind geschrieben hatte. In unordentlicher Handschrift stand dort: *Diese Bitch steht auf ihren Stiefbruder!*

Obwohl mich dieser erneute Angriff auf meine Person traf, schaffte ich es, diesmal keine Tränen zu vergießen. Stattdessen lief ich ohne Umwege zum Hausmeister unserer Schule und bat ihn darum, die Beleidigungen von meinem Schließfach zu entfernen. Als ich nach der letzten Stunde erneut an meinen Spind trat, war die Schrift bereits verschwunden.

Wenigstens war das Foto samt Instagram-Profil wenige Stunden nach dem Erscheinen wieder gelöscht worden, allerdings konnte ich natürlich nicht wissen, wer es zu diesem Zeitpunkt schon gesehen und im schlimmsten Fall sogar einen Screenshot angefertigt hatte. Glücklicherweise war Amy immer an meiner Seite und sie schaffte es irgendwie, mir trotz allem neuen Mut zu schenken.

Gabriel hingegen lebte sein Leben weiter, als wäre alles in bester Ordnung. Wenn ich ihm in der Schule begegnete, tat er so, als würde er mich nicht kennen, und obwohl ich ihn am liebsten mit seiner Fotoaktion konfrontiert hätte, hielt ich mich an Amys Plan und ignorierte ihn ebenfalls. Wenigstens war er nicht mehr bei mir zu Hause aufgetaucht, denn dann hätte ich nicht mehr garantieren können, vor meiner Mom und Robert weiter heile Welt zu spielen.

Die Zwischenzeit nutzte ich dafür, endlich den Artikel über New York fertigzustellen. Ich war wirklich zufrieden mit dem Ergebnis und auch Mr Porter freute sich schon darauf, die finale Fassung zu Gesicht zu bekommen. Allerdings hatte ich mit Rachel besprochen, dass sie den Artikel zuerst prüfen wollte, damit das Planungskomitee entscheiden konnte, inwiefern die vorgeschlagenen Aktivitäten in die Planung der Abschlussfahrt aufgenommen werden würden. Deshalb suchte ich Mitte der Woche die Räumlichkeiten des Komitees auf, um dort die finale Fassung des Artikels über New York abzugeben.

Als Rachel mich im Türrahmen erblickte, erhob sie sich sogleich von ihrem Stuhl.

»Hey! Wie geht es dir?«, begrüßte sie mich freundlich und kam mit schnellen Schritten auf mich zu, um mir den Artikel aus der Hand zu nehmen. »Ah, der Bericht ist fertig, sehr schön! Ich werde ihn mir später durchlesen und anschließend den anderen Mitgliedern des Komitees vorstellen, bevor wir ihn an Mr Porter weiterleiten.«

»Ähm … danke und mir geht es gut«, log ich und rang mir ein Lächeln ab. Ich wollte mir vor ihr auf keinen Fall die Blöße geben und meine Gefühlswelt offenlegen. Allerdings hoffte ich inständig, dass sie mich nicht auf das Foto oder den Spind ansprechen würde. Immerhin wusste ich nicht, ob sie mir das Bild vielleicht übel nahm. Bisher hatte sie jedoch nicht den Eindruck erweckt, dem Foto einen sonderlichen Stellenwert zuzuschreiben. Ansonsten hätte sie mich sicherlich bereits mit eindeutigen Anschuldigungen konfrontiert.

»Du kommst doch am Freitag zu meiner Party, oder?«, wechselte sie das Thema, während ich beobachtete, wie sie an einen der Schränke herantrat und meinen Artikel sorgfältig in der obersten Schublade ablegte.

»Ich weiß es noch nicht«, antwortete ich wahrheitsgemäß, denn ich konnte mich noch immer nicht richtig mit Amys Vorschlag anfreunden. Am liebsten hätte ich mich einfach in einer Höhle verkrochen und wäre erst am Ende des Schuljahres wieder zum Vorschein gekommen.

»Es würde mir wirklich viel bedeuten, wenn du auch dabei wärst. Immerhin wirst du bald ganz offiziell die Stiefschwester von Gabe sein, und ich fände es toll, wenn wir uns gut verständen. Außerdem bist du doch rechtzeitig mit dem Artikel fertig geworden.« Rachel hatte sich nun wieder vor mir platziert und ihre großen blauen Augen ruhten hoffnungsvoll auf mir.

»Also schön, aber nur, wenn ich eine Freundin mitbringen kann«, gab ich mich schließlich geschlagen, bereute die Zusage jedoch bereits, nachdem sie über meine Lippen gekommen war. Allerdings kam ich nicht dazu, mir weitere Gedanken zu machen, denn Rachel klatschte bereits triumphierend in die Hände und versicherte mir erneut, wie toll die Party werden würde.

Die Lage in der Schule beruhigte sich glücklicherweise ziemlich schnell und die Fans der Gerüchteküche waren bald wieder neuen Themen zugewandt. Gabriel hatte es allerdings tatsächlich gewagt, an einem Nachmittag der Woche im Journalismus-Club aufzutauchen und dort mit Jackson an einem neuen Artikel zu arbeiten. Obwohl mir das Herz bis zum Hals schlug, war es mir irgendwie gelungen, nicht fluchtartig den Raum zu verlassen und stattdessen meinen Blick stur auf den Laptop vor mir gerichtet zu lassen. Ihn zu ignorieren, funktionierte besser als gedacht.

Der Freitag kam allerdings schneller, als mir lieb war, und so fand ich mich schließlich abends gemeinsam mit Amy in meinem Zimmer wieder. Kaum angekommen, trat sie auch schon wie selbstverständlich an meinen Kleiderschrank heran und schob die Spiegeltür mit einem Ruck beiseite.

»Wollen wir doch mal sehen«, murmelte sie leise, während sie hochkonzentriert jedes Kleidungsstück von mir inspizierte. Kopfschüttelnd beobachtete ich sie von der Seite und wäre ich nicht so angespannt gewesen, hätte ich mich vermutlich halb totgelacht.

»Komm bloß nicht auf die Idee, mir dieses Kleid anzudrehen«, merkte ich an, als Amy verdächtig lang das dunkelblaue Cocktailkleid betrachtete. Seitdem ich es an dem Abend im *LeMaire* getragen hatte, hatte ich es keines Blickes mehr gewürdigt und in die hinterste Ecke meines Schrankes verbannt.

»Es sah wirklich gut an dir aus, aber ich verstehe, wenn du es nicht mehr anziehen möchtest«, erwiderte meine beste Freundin und hing es widerstandslos zurück an seinen ursprünglichen Platz. Um die Angelegenheit abzukürzen, schob ich sie beiseite und griff nach meiner Lieblingsjeans und einem passenden Top.

»Ich werde mich nicht verkleiden«, erklärte ich und deutete mit einem Fingerzeig auf ihr Outfit. »Du siehst doch auch so aus wie immer, und außerdem gibt es niemanden, für den sich der Aufwand lohnen würde. Wir zeigen kurz Präsenz und hauen so schnell wie möglich wieder ab.«

»Okay, du hast recht. Für den Spinner musst du dich wirklich nicht zurechtmachen«, antwortete sie lachend und ließ sich nachdenklich auf meinen Schreibtischstuhl sinken. »Aber ein bisschen Make-up hat noch niemandem geschadet, oder?«

Augenrollend stimmte ich ihrem Vorschlag zu und so fand ich mich nach dem Umziehen schließlich auf meinem Bett wieder, während Amy ihre Schminkutensilien um mich herum ausbreitete. Ich wusste, dass sie ziemlich talentiert war, was das Auftragen von Schminke betraf, und so lehnte ich mich entspannt zurück und schloss meine Augen.

»Et voilà!«, rief sie nach einiger Zeit mit einem gespielten französischen Akzent und zog mich sogleich in das angrenzende Badezimmer, damit ich ihr Werk im Spiegel begutachten konnte. Glücklicherweise hatte sie das Make-up tatsächlich recht dezent gehalten und es gefiel mir ziemlich gut.

»Danke, es ist wirklich schön geworden«, lobte ich meine Freundin, während ich mich noch immer betrachtete. Ich konnte mir Amy in ferner Zukunft definitiv als Make-up-Artist vorstellen.

»Das freut mich«, erwiderte sie erleichtert und zwinkerte mir daraufhin verschwörerisch zu. »Dann sind wir jetzt startklar für die Party!«

23. Auf die Freundschaft

Es war kurz nach 21 Uhr, als wir uns schließlich vor Rachels Haus wiederfanden. Sie hatte mir ihre Adresse bereits in der Schule mitgeteilt, und so war es kein Problem für uns gewesen, zu ihrer Wohnanschrift zu gelangen. Amys Mom hatte sich bereit erklärt, uns zu fahren, und gleichzeitig angeboten, uns ebenfalls wieder abzuholen. Nachdem wir uns von ihrer Mom verabschiedet hatten, wandten wir uns angespannt dem Haus von Rachel zu.

Die großzügige Einfahrt befand sich an der Ecke des Grundstückes, welches von einer dunklen Steinmauer umgeben war und normalerweise durch ein elektrisches Tor geschützt wurde. Allerdings schien das Tor in diesem Moment seitlich festgestellt zu sein und gab somit den Blick auf ein imposantes Anwesen frei.

»Die Rich-Bitch und der arrogante Schnösel passen perfekt zueinander«, merkte Amy abschätzig an, während wir noch immer wie festgewurzelt vor der Einfahrt standen und Rachels Zuhause betrachteten. Ich antwortete jedoch nicht darauf, denn ich fand es irgendwie falsch, jemanden aufgrund seines sozialen Status abzuwerten. Immerhin sollte es eigentlich keine Rolle spielen, wie viel oder wenig Geld jemand zur Verfügung hatte.

Es waren bereits einige Autos in der Einfahrt abgestellt worden, aber als ich Gabriels schwarzen SUV zwischen den anderen Fahrzeugen erblickte, musste ich trotzdem schwer schlucken. Natürlich war ich nicht wirklich überrascht, seinen Wagen hier zu entdecken, denn es war klar, dass er auf der Party seiner Freundin nicht fehlen würde. Allerdings nagten noch immer leise Zweifel an mir, ob der Besuch dieser Party wirklich eine gute Idee war. Irgendwie konnte ich dieses ungute Gefühl einfach nicht abschütteln.

»Lass uns reingehen, oder bist du noch nicht bereit?«, erkundigte sich Amy mit einem Seitenblick in meine Richtung. Als ich nur zögerlich nickte, griff sie behutsam nach meiner Hand und veranlasste auf diese Weise, dass wir uns langsam in Bewegung setzten.

Die aufwendig gepflasterte Einfahrt war links und rechts von mittelgroßen Weideneichen gesäumt, welche jeweils von kleinen Bodenstrahlern angeleuchtet wurden. Da die Außenanlage des Anwesens bereits so eindrucksvoll gestaltet war, wollte ich mir gar nicht ausmalen, wie es wohl im Inneren des Hauses aussehen mochte.

Als wir den Eingang fast erreicht hatten, war auch schon die Musik ganz deutlich zu hören. Der Bass dröhnte unerlässlich, während einige Personen unter dem Vordach standen und sich angeregt unterhielten. Dankbar nahm ich zur Kenntnis, dass sie uns scheinbar noch nicht einmal bemerkten, als wir an ihnen vorbeigingen. Eilig schlüpften wir also durch die geöffnete Tür in die ausladende Diele und ließen unseren Blick durch die Räumlichkeiten schweifen.

Es waren verdammt viele Menschen auf der Party und ein paar Gesichter kannte ich sogar flüchtig aus der Schule. Erleichtert stellte ich jedoch fest, zumindest nicht sofort Gabriels Weg zu kreuzen. Allerdings entdeckte ich am Ende des Raumes seine beiden Freunde Brian und Cole, welche gerade damit beschäftigt waren, Beerpong zu spielen. Zwar kannte ich die beiden nicht wirklich, aber mir war trotzdem bewusst, dass sie zu Gabriels engstem Kreis zählten und ebenfalls im Footballteam unserer Schule trainierten. Wenn die beiden vor Ort waren, war Gabriel in der Regel nicht weit entfernt.

Auf einmal fühlte ich mich vollkommen überfordert und am liebsten hätte ich auf dem Absatz kehrtgemacht. Amy schien meine Unsicherheit sofort zu spüren, denn sie griff erneut nach meiner Hand und drückte sie ermutigend.

»Wenn es dir zu viel wird, sind wir sofort wieder weg, in Ordnung?«, übertönte sie die Lautstärke der Umgebungsgeräusche und bedeutete mir mit einem Blick, meinen Kopf zu heben und die Schultern zu straffen.

Ich hatte ihr gerade bestätigend zugenickt, da bemerkte ich Rachel auch schon in der Menge. Ihre Aufmerksamkeit war auf uns gerichtet und sie rief uns mit einem Handzeichen zu sich herüber. Diesmal war ich es, welche Amys Hand kurz drückte, denn ich wusste, dass sie Rachel auf den Tod nicht ausstehen konnte. Allerdings hatte sie mir versprochen, sich ihr gegenüber neutral zu verhalten und kein unnötiges Drama heraufzubeschwören.

Während wir uns zwischen den Partygästen hindurchkämpften, bewunderte ich erneut das Anwesen von Rachel und ihrer Familie. Allein das Wohnzimmer hatte wahrscheinlich mehr Quadratmeter als das gesamte Haus meiner Mom.

»Wie schön, dass du es einrichten konntest!«, rief Rachel überschwänglich und schloss ihre Arme zur Begrüßung um mich, sobald wir sie erreicht hatten. Als sie sich von mir löste, hieß sie sogar Amy willkommen, was meine Freundin wahrscheinlich noch mehr überraschte als mich. Einen kurzen Augenblick lang keimte tatsächlich die Hoffnung auf einen annehmbaren Abend in mir auf.

Rachel umschloss mein Handgelenk und zog mich ein paar Meter weiter in die offene Wohnküche. Auf der edlen Kochinsel standen verschiedene alkoholische Getränke und Säfte verteilt und sie schnappte sich routiniert drei Gläser von der Anrichte. Wie selbstverständlich öffnete sie eine der zahlreichen Wodkaflaschen und verteilte die klare Flüssigkeit in die leeren Glasbehälter.

»Pur oder mit Cola?«, wollte sie von uns wissen, während ich sie noch immer völlig perplex anstarrte. Ich hatte noch nie in meinem Leben Alkohol getrunken und eigentlich wollte ich an diesem Zustand vorläufig auch nichts ändern.

»Weder noch«, ergriff Amy auch schon die Initiative und schüttelte entschuldigend den Kopf. »Wir trinken heute nichts!«

»Auch kein Minischlückchen zum Anstoßen auf unsere neue Freundschaft? Das könnt ihr doch nicht machen«, bettelte Rachel daraufhin und setzte einen Schmollmund auf.

Ich hasste Gruppenzwang, aber irgendwie schaffte sie es tatsächlich, meinen Vorsatz zu kippen.

»Ein Schluck wird wohl in Ordnung sein«, gab ich schließlich nach, aber beschloss insgeheim, wirklich nur einmal an dem Getränk zu nippen. Immerhin war dies wahrscheinlich nicht der beste Ort, um mich am Konsum von Alkohol zu versuchen.

»Wirklich?«, versicherte sich Amy überrascht und musterte mich prüfend. Im Gegensatz zu mir hatte sie bereits öfter Alkohol getrunken. Sie war eben schon immer eine kleine Rebellin gewesen.

Erfreut drehte sich Rachel zum Kühlschrank und zog eine Flasche Cola hervor, um die beiden Flüssigkeiten miteinander zu vermischen. Anschließend drückte sie Amy und mir jeweils ein Glas in die Hand und hielt ihres zum Anstoßen vor uns.

»Auf die Freundschaft«, rief sie euphorisch und stieß ihr Glas gegen unsere, bevor sie ihr Getränk in zwei Zügen vollständig leerte und anschließend darauf wartete, dass wir es ihr gleichtaten.

Als die Mischung meine Lippen berührte, verzog ich angeekelt mein Gesicht und fragte mich ernsthaft, wie man so etwas freiwillig trinken konnte. Allerdings wollte ich vor Rachel dann doch nicht wie eine Verliererin wirken und ließ mich dazu verleiten, das Getränk ebenfalls komplett zu leeren.

»Spinnst du?«, wollte Amy von mir wissen, als sie das leere Glas in meiner Hand bemerkte. Ich konnte ihr jedoch nicht sofort antworten, da ich damit beschäftigt war, gegen den Würgereflex anzukämpfen. Als das Brennen in meinem Hals schließlich nachließ, atmete ich erleichtert auf und stellte fest, dass wenigstens Rachel zufrieden grinste.

Gerade als ich etwas erwidern wollte, entdeckte ich ausgerechnet Gabriel.

24. Ein Strudel aus Farben

Gabriel wirkte gestresst, aber als sich unsere Blicke trafen, verfinsterten sich seine Gesichtszüge und er kam geradewegs auf uns zu.

»Was soll das werden?«, wandte er sich aufgebracht an seine Freundin, als er zu uns aufgeschlossen hatte. Er deutete mit dem Kinn in meine Richtung und es war offensichtlich, dass er über meine Anwesenheit nicht erfreut war. Ich konnte wirklich nicht fassen, wie arrogant er zu sein schien. Immerhin hatte er zuerst alle Hebel in Bewegung gesetzt, um Zeit mit mir verbringen zu können, nur um meine Naivität auszunutzen und mich anschließend mit einem bescheuerten Foto bei Instagram bloßzustellen.

»Schatz, entspann dich! Ich habe deine Stiefschwester eingeladen, damit wir Freundinnen werden können«, erwiderte Rachel unschuldig und setzte ein zuckersüßes Lächeln auf. Kurzerhand befüllte sie ein weiteres Glas mit Wodka und hielt es Gabriel provokant entgegen. »Du solltest mit uns anstoßen, findest du nicht?«

Gabriel riss ihr daraufhin wutentbrannt das Glas aus der Hand und knallte es mit einer schnellen Bewegung vor sich auf die Ablage. Durch den harten Aufprall schwappte die Flüssigkeit aus dem Behältnis und verteilte sich unaufhaltsam auf der Arbeitsplatte. Im nächsten Moment griff er wortlos nach Rachels Arm und zog sie energisch von uns weg. Geschockt folgte ich ihnen mit meinem Blick, bis sie schließlich vollends aus meinem Sichtfeld verschwunden waren.

»Ich liebe es, wenn ein Plan funktioniert«, kicherte Amy plötzlich zufrieden neben mir. Entgeistert blickte ich zu meiner Freundin, aber sie schien von Gabriels Auftritt überhaupt nicht beeindruckt zu sein.

Während sich Amy über unseren vermeintlichen Erfolg freute, bildete sich ein dicker Kloß in meinem Hals. Zwar war es unser Plan gewesen, Gabriel durch mein Erscheinen aus dem Konzept zu bringen, aber mit solch einer heftigen Reaktion hatte ich nicht gerechnet.

»Er war so ... wütend«, stammelte ich daraufhin noch immer völlig verunsichert und konnte mich überhaupt nicht darüber freuen, ihn tatsächlich derart aus der Fassung gebracht zu haben. Warum war er so aufgebracht gewesen? Hasste er mich wirklich so sehr?

»Natürlich war er wütend! Er dachte, du wärst am Boden zerstört, und dann sieht er dich plötzlich mit *seiner* Freundin auf ihrer Party«, erklärte Amy schulterzuckend, während sie sich noch etwas von dem Wodka in ihr Glas schüttete und es diesmal mit ein wenig O-Saft auffüllte. Sie verschwendete wirklich keinerlei Gedanken an seine heftige Reaktion.

»Ich hoffe, Rachel kann ihn etwas beruhigen«, erwiderte ich noch immer besorgt und ließ erneut meinen Blick durch den Raum schweifen. Allerdings konnte ich die beiden nicht entdecken und wandte mich daher wieder Amy zu.

»Mach dir doch nicht so einen Kopf«, versuchte sie, mich zu besänftigen, und lächelte mir aufmunternd zu. »Lass uns noch ein bisschen Spaß haben, okay?«

Nachdem Amy ihr zweites Glas geleert hatte, verließen wir die Küche und mischten uns unter die Leute. Meine Freundin begann sofort, ausgelassen zur Musik zu tanzen, während sie mehrfach versuchte, mich ebenfalls dazu zu animieren. Allerdings war mir überhaupt nicht danach zumute und so wehrte ich ihre Aufforderung mit einem Lächeln ab. Stattdessen sah ich mich sehnsüchtig nach einer Möglichkeit um, mich für einen Moment ausruhen zu können.

»Ich glaube, ich setze mich kurz da drüben hin, ja?«, merkte ich schließlich an und deutete auf eine freie Sitzgelegenheit in unmittelbarer Nähe. Irgendwie war mir plötzlich ein wenig schwindelig, allerdings schrieb ich diesen Umstand dem Alkohol zu und erwähnte Amy gegenüber daher nichts von meinem Zustand.

»Dann komme ich natürlich mit«, entschied meine beste Freundin wie selbstverständlich, aber ich schüttelte sogleich energisch den Kopf. Sie sollte ruhig noch eine Weile weitertanzen, während ich neue Energie tankte. Vielleicht würde ich später noch mit ihr tanzen, aber aktuell fühlte ich mich nicht in der Lage dazu.

»Wir haben doch Sichtkontakt. Es ist wirklich vollkommen okay für mich«, beschwichtigte ich sie also und bewegte mich anschließend gleich zu dem freien Platz auf der Couch. Ich hatte ihr bewusst keine Möglichkeit gegeben, mir zu widersprechen. Als ich mich endlich in das weiche Polster sinken ließ, musste ich jedoch feststellen, dass sich das Schwindelgefühl zunehmend verstärkte.

Ich schloss für einen Moment meine Augen und versuchte, die Musik und die anderen Umgebungsgeräusche auszublenden, aber mein Zustand verschlechterte sich trotz meiner Bemühungen im Sekundentakt. Als ich die Augen nach einiger Zeit wieder öffnete, spürte ich einen plötzlich einsetzenden Würgereflex. Automatisch schlug ich mir eine Hand vor den Mund, um mich nicht vor der gesamten Partygesellschaft übergeben zu müssen.

Alles drehte sich unaufhörlich und so sprang ich schließlich panisch von meinem Platz auf, um irgendwie den Raum zu verlassen. Ich war nicht mehr in der Lage, Amy ein Zeichen zu geben, und wollte einfach nur weg. Der Schwindel vernebelte meine Sinne, aber irgendwie schaffte ich es trotzdem, durch eine Terrassentür in den Garten zu gelangen. Mit letzter Kraft stolperte ich zu einem nahegelegenen Baumstamm und stützte mich mit einer Hand an dem kühlen Holz ab, während ich mich auf den Rasen übergab.

Mein Zeitgefühl schien sich vollkommen verabschiedet zu haben, denn es war mir nicht möglich, einzuschätzen, wie lange ich dort in diesem Zustand verbrachte. Es kam mir wie eine halbe Ewigkeit vor, wobei es sich in Wahrheit wahrscheinlich nur um einige Minuten handelte. Unfähig, mich von der Stelle zu bewegen, verharrte ich also gegen den Baum gelehnt, während sich der Inhalt meines Magens immer weiter ins Gras ergoss. Unter normalen Umständen wäre ich vor Schamgefühl im Boden versunken, aber ich war nicht mehr Herrin meiner Sinne.

Völlig unvermittelt spürte ich eine Hand auf meiner Schulter und nahm schemenhaft wahr, wie jemand auf mich einredete. Die Worte drangen jedoch nicht mehr zu mir durch, egal, wie sehr ich versuchte, sie zu verstehen. Es war auf einmal unglaublich anstrengend, mich auf den Beinen zu halten, während mein gesamter Körper bereits vor Erschöpfung bebte. Als meine Knie endgültig nachgaben, bemerkte ich nur noch, wie die Person hinter mir den Sturz abfing, und im nächsten Moment lag ich bereits auf dem Rasen.

Erfolglos versuchte ich, die Person über mir zu fixieren, aber alles um mich herum verschwamm zu einem Strudel aus Farben und Geräuschen, bis ich endgültig von erdrückender Dunkelheit umgeben war.

25. Blackout

Mein Kopf dröhnte unerlässlich, als ich die Augen öffnete und mich mühsam in meinem Bett aufsetzte. Ich trug noch immer die Klamotten des Vortages und hatte absolut keine Ahnung, was überhaupt passiert war.

Die Rollos waren heruntergelassen und obwohl nur das kleine Nachtlicht für eine spärliche Beleuchtung sorgte, brannte die geringe Helligkeit unangenehm in meinen Augen. Also kniff ich ebendiese zusammen und sah mich daraufhin vorsichtig in meinem Zimmer um. Insgeheim hoffte ich, vielleicht einen Hinweis zu entdecken, welcher meiner Erinnerung auf die Sprünge helfen konnte. Als mein Blick neben meinem Bett stoppte, erkannte ich entsetzt, dass jemand dort einen Eimer platziert hatte.

»O Gott«, stöhnte ich erschöpft und ließ mich langsam zurück auf mein Kissen sinken. Was war denn nur passiert? Das Letzte, woran ich mich erinnerte, war der Wodka, den ich auf der Party von Rachel erhalten hatte. Konnte es tatsächlich sein, dass mich ein Glas Alkohol dermaßen aus der Bahn warf?

Als ich plötzlich Geräusche in dem angrenzenden Badezimmer wahrnahm, zuckte ich unwillkürlich zusammen. Im nächsten Moment dämmerte mir jedoch, dass es sich um

Amy handeln musste, und ich war bereits gespannt, was sie mir zu erzählen hatte. Anscheinend litt ich unter einem Blackout, aber ich konnte mir diesen Zustand beim besten Willen nicht erklären.

Amy schien kurz unter die Dusche zu hüpfen, was mich jedoch nicht wirklich überraschte, da sie nach Übernachtungen bereits unzählige Male bei mir geduscht hatte. Ungeduldig lauschte ich dem fließenden Wasser und fieberte dem Moment entgegen, als endlich der Wasserhahn zugedreht wurde. Obwohl ich mich noch immer ziemlich schwach fühlte, rollte ich schwerfällig aus dem Bett und schleppte mich zu der Verbindungstür. Ich wollte mich einfach nicht länger gedulden, um eine Erklärung zu erhalten.

Daher klopfte ich nur kurz an die Tür, um mich bemerkbar zu machen. Allerdings wartete ich nicht darauf, hereingebeten zu werden, und so trat ich ohne eine weitere Vorwarnung in das Badezimmer ein. Warme Luft und der Duft von Shampoo schlugen mir entgegen, aber als ich realisierte, wer dort vor dem Spiegel stand, war ich kurz davor, erneut das Bewusstsein zu verlieren, und ich musste mich notdürftig am Türrahmen abstützen.

Gabriel hatte sich wie selbstverständlich vor dem Spiegel platziert und war gerade dabei, seine Haare zu trocknen. Um seine Hüften war nur ein Handtuch gebunden, während sein muskulöser Oberkörper noch von zahlreichen Wasserperlen bedeckt war. Ich war wie paralysiert und konnte nicht anders, als ihn mit weit aufgerissenen Augen anzustarren.

»Oh! Geht es dir besser? Du solltest lieber im Bett bleiben«, ergriff er als Erster das Wort und kam ohne Umschweife auf mich zu. Als er mich erreicht hatte, umschloss er behutsam meinen Arm und schob mich vorsichtig zurück in mein Zimmer.

»Lass mich sofort los«, fauchte ich ihn an, als ich meine Fassung wiedererlangt hatte, und schüttelte wütend seine

Hand ab. Was für eine kranke Nummer zog er denn nun wieder ab?

»Hey! Schon gut!«, entgegnete Gabriel ruhig und hob beschwichtigend seine Hände, während er den Abstand zwischen uns um ein ganzes Stück vergrößerte. »Allerdings solltest du dich wirklich wieder hinlegen, Sophia.«

»Du sagst mir ganz bestimmt nicht, was ich zu tun habe!«, rief ich aufgebracht und blendete vollkommen aus, dass mir Gabriel nur mit einem Handtuch bekleidet gegenüberstand. »Du sagst mir jetzt, wo Amy ist, und dann haust du sofort ab!«

»Hör zu, ich weiß, dass du sauer bist, und du hast jedes Recht dazu. Ich ziehe mir eben etwas über und dann werde ich dir alles erzählen. Anschließend lasse ich dich in Ruhe, okay?«, gab er leise zurück und verschwand, ohne eine Antwort abzuwarten, wieder im Badezimmer.

Einen kurzen Moment schaute ich noch immer fassungslos auf die geschlossene Verbindungstür, bevor ich mich widerwillig auf mein Bett fallen ließ und mir eilig die Decke bis unter das Kinn zog. Während ich auf den ungebetenen Besucher wartete, sah ich mich nach meinem Handy um. Allerdings schien es sich nicht in meinem Zimmer zu befinden und so konnte ich nur hoffen, dass mit Amy alles in Ordnung war. Ihre Abwesenheit beunruhigte mich ziemlich, denn normalerweise hätte sie mich nicht einfach alleine gelassen. *Erst recht nicht mit Gabriel in meiner Dusche.*

Nach kurzer Zeit öffnete sich die Badezimmertür. Zögerlich trat er an mein Bett heran, während er auf das Fußende deutete. »Darf ich?«

»Wenn es unbedingt sein muss«, knurrte ich daraufhin und zog meine Füße an, da ich ihn unter keinen Umständen berühren wollte. Ich musste einfach nur wissen, was passiert war, und ihn anschließend so schnell wie möglich loswerden.

»Also«, begann er angespannt und atmete tief ein, bevor er fortfuhr. »Ich weiß nicht, woran du dich erinnerst –«

»Woran ich mich erinnere?«, fiel ich ihm sogleich ins Wort und funkelte ihn wütend an. »Das kann ich dir ziemlich genau sagen! Erst trittst du in mein Leben, setzt alles daran, mich kennenzulernen und mein Vertrauen zu gewinnen ... dann ignorierst du mich und hast nichts Besseres zu tun, als mich bei Instagram als Bitch zu bezeichnen und mich somit vor der gesamten Schule zu erniedrigen!«

»Moment! Ja, ich bin ein Arsch und habe verdient, dass du sauer auf mich bist, aber mit dem Foto habe ich nichts zu tun. Denkst du wirklich, ich wäre derart niveaulos und würde dir so etwas antun?«, wollte er von mir wissen, während er mich eindringlich musterte.

»Also Spider-Man wird es wohl kaum gewesen sein, oder?«, keifte ich in Bezug auf unseren New-York-Trip zurück. Anschließend setzte ich mich in meinem Bett auf, um mit ihm auf Augenhöhe diskutieren zu können. Das Dröhnen in meinem Kopf ignorierte ich dabei gekonnt, da mein Körper sowieso von Adrenalin durchflutet wurde.

»Rachel wusste nichts von unserem Ausflug nach New York, aber sie hat es herausgefunden und mich mit zahlreichen Nachrichten bombardiert. Zuerst war es wirklich nur ein Spiel für mich, deine Aufmerksamkeit zu bekommen, aber während wir Zeit miteinander verbracht haben, ist mir klar geworden, dass mein Verhalten beschissen ist und du so etwas nicht verdient hast. Rachel hat mich unter Druck gesetzt, und daher dachte ich, es wäre besser, auf Distanz zu dir zu gehen, aber dann hat sie heimlich unser Foto von meinem Handy gestohlen und –«

»Warum sollte Rachel das machen? Sie war so nett zu mir und das ergibt überhaupt keinen Sinn!«, unterbrach ich ihn erneut, während ich abweisend die Arme vor der Brust verschränkte. Seine Darstellung klang absurd, aber völlig ausgeschlossen war es natürlich nicht.

»Weil sie eifersüchtig und besitzergreifend ist!« Gabriel hatte sich von meinem Bett erhoben und lief angespannt in meinem Zimmer auf und ab. Er schien aufrichtig betroffen zu sein, was mich zugegebenermaßen ein wenig irritierte.

»Das ist doch totaler Quatsch!«, gab ich schließlich zurück, während sich meine Gedanken überschlugen. Warum sollte ein Mädchen wie Rachel ausgerechnet eifersüchtig auf mich sein?

26. Freund oder Feind?

»Rachel war nett zu dir, weil sie dich verarscht hat. Ich habe ihr gesagt, sie soll dich in Ruhe lassen, und eigentlich dachte ich, sie würde sich daran halten, aber dann habe ich dich auf der Party gesehen und wusste sofort, dass das nichts Gutes bedeuten konnte«, antwortete er und stoppte in seiner Bewegung, um mich anzusehen, bevor er weitersprach. »Also habe ich sie sofort zur Seite genommen, um sie zur Rede zu stellen. Natürlich hat sie weiterhin behauptet, dass es ihr lediglich darum gehe, sich mit dir anzufreunden. Allerdings habe ich ihr kein Wort geglaubt, und als sie sich irgendwann wütend an mir vorbeischieben wollte, ist ein kleines braunes Fläschchen zu Boden gefallen. Als ich es aufheben wollte, hat sie mich zur Seite geschubst, es an sich gerissen und ist weggelaufen. In diesem Moment wurde mir klar, dass ich dringend nach dir sehen musste.«

Diese ganzen Informationen waren mir eindeutig zu viel. Völlig überfordert schloss ich meine Augen und ließ mich langsam zurück in die Kissen sinken. Warme Tränen bahnten sich den Weg über meine Wangen und mein gesamter Körper bebte vor Anspannung. War Rachel wirklich dazu fähig, mich unter Drogen zu setzen?

Völlig unvermittelt spürte ich, wie Gabriel sich neben mir platzierte und vorsichtig einen Arm um mich legte. Obwohl ich kurz darüber nachdachte, ihn fortzujagen, entschied ich mich, seine Nähe zuzulassen. Zumindest in diesem Augenblick.

Ich atmete seinen angenehmen Duft ein und musste mir eingestehen, dass seine Anwesenheit beruhigend auf mich wirkte. Kurze Zeit später hatte ich mich tatsächlich einigermaßen gefangen.

»Was ist dann passiert?«, kam es mir irgendwann über die Lippen, nachdem wir eine Weile einfach nur stumm nebeneinandergelegen hatten. Immerhin wusste ich noch immer nicht, was anschließend geschehen war und wo Amy überhaupt steckte.

»Ich bin sofort zurückgelaufen, um nach dir zu suchen, aber ihr wart nicht mehr in der Küche. Während ich weitergesucht habe, bin ich irgendwann mit Amy zusammengestoßen. Sie war völlig aufgebracht, weil du plötzlich weg warst. Also haben wir uns aufgeteilt und kurz darauf habe ich dich im Garten gefunden. Du warst kaum ansprechbar und hattest dich bereits übergeben, da wusste ich, dass ich mit meinem Verdacht richtig lag und du dringend medizinische Versorgung benötigtest.«

»Warum habt ihr mich nicht ins Krankenhaus gebracht?«, wollte ich verwundert von ihm wissen und konnte noch immer nicht glauben, dass Rachel für meinen Zustand verantwortlich sein sollte.

»Mein Dad ist Arzt, schon vergessen?«, erwiderte er daraufhin gefasst. »Er arbeitet in leitender Position im Krankenhaus von South Richmond und in Absprache mit deiner Mom haben sie dann entschieden, dich zu Hause zu beobachten.«

»Okay, das ergibt Sinn«, murmelte ich zustimmend und war furchtbar dankbar, nicht in einem Krankenhaus aufgewacht zu sein. Eine Frage brannte mir jedoch noch immer unter den Nägeln. »Und wo ist Amy?«

»Ihr geht es gut. Deine Mom hat sie nach Hause gefahren, nachdem sie ihr versichert hatte, sie über deinen Gesundheitszustand auf dem Laufenden zu halten. Sie war wirklich nicht leicht zu überzeugen und hat sich verhalten, als wäre sie dein Bodyguard«, erklärte Gabriel und an seinem vibrierenden Brustkorb bemerkte ich, dass er lautlos lachte. Mir war bewusst, wie verbissen Amy war, und ich konnte mir wirklich gut vorstellen, wie ungern sie das Feld geräumt hatte.

Nachdem ich endlich in Erfahrung gebracht hatte, wie es meiner besten Freundin ging, kreisten meine Gedanken darum, wie ich mich in Gabriel getäuscht hatte. Er hatte wirklich nichts mit dem Bild zu tun gehabt, während ich die ganze Zeit vollkommen davon überzeugt gewesen war. Dies wiederum zog nach sich, auch Rachel und ihre Absichten mir gegenüber ebenfalls nicht richtig eingeschätzt zu haben. Trotzdem fiel es mir immer noch schwer, zu glauben, dass sie mir etwas ins Getränk gemischt hatte.

Während ich versuchte, alles Revue passieren zu lassen, wurden meine Augenlider ganz schwer. Ich probierte gar nicht erst, dagegen anzukämpfen, und lauschte stattdessen Gabriels regelmäßigen Atemzügen neben mir, bis ich schließlich in einen traumlosen Schlaf fiel.

Als ich meine Augen öffnete, war der Platz neben mir leer und von Gabriel fehlte jede Spur. Einen kurzen Moment zweifelte ich sogar an meinem Verstand und befürchtete, mir Gabriels Anwesenheit bloß eingebildet zu haben. Glücklicherweise hatte das Dröhnen in meinem Kopf mittlerweile nachgelassen und ich fühlte mich deutlich besser.

Völlig unvermittelt klopfte es an meiner Zimmertür, was mich augenblicklich zusammenschrecken ließ. »Ja?«, rief ich zögerlich, woraufhin sich die Tür einen Spaltbreit öffnete und Robert seinen Kopf durch die Öffnung steckte.

»Hallo, Sophia, schön, dass du wieder wach bist. Darf ich reinkommen?«, fragte er freundlich und deutete in meine Richtung.

»Sicher«, antwortete ich möglichst souverän und kämpfte insgeheim gegen die Enttäuschung an, auf Gabriels Anwesenheit verzichten zu müssen. Wie bescheuert war ich eigentlich? Immerhin irritierte mich sein Verhalten nach wie vor und ich konnte nicht einmal sagen, ob er Freund oder Feind war.

Als Robert mein Zimmer betrat, bemerkte ich das Stethoskop, welches locker um seinen Hals hing, und ein Klemmbrett in seiner Hand. Langsam schritt er zu meinem Bett und betrachtete mich prüfend. »Wie geht es dir? Erinnerst du dich daran, was passiert ist?«

»Ich erinnere mich an den Anfang der Party. Amy und ich haben ein Glas Alkohol von Rachel bekommen, und danach weiß ich nichts mehr«, antwortete ich ehrlich und hoffte inständig, die Gedächtnislücke doch noch loszuwerden. Es war ein unheimliches Gefühl, nicht zu wissen, was geschehen war.

In diesem Moment kam meine Mom ebenfalls in mein Zimmer. Als sie bemerkte, dass ich wach war, stürzte sie ungehalten zu meinem Bett und zog mich augenblicklich in eine feste Umarmung.

»Ich habe mir solche Sorgen gemacht«, schluchzte sie in meine Haare hinein, während sie mich noch immer an sich presste.

»Mir geht es schon besser. Könntest du mich bitte nicht erdrücken?«, versuchte ich, sie zu beruhigen, und rang mir ein Lächeln ab. Mit einer sanften Bewegung schob ich sie von mir weg und wischte ihr mit meinem Handrücken die Tränen aus dem Gesicht. Ich hatte es noch nie ertragen können, wenn meine Mom weinte, und so war ich glücklich darüber, dass sie nun ebenfalls lächelte.

»Ich muss dich einmal abhorchen«, ergriff Robert schließlich das Wort und deutete auf das Stethoskop um seinen

Hals. »Wenn es dir unangenehm ist, können wir dich aber auch zur Untersuchung ins Krankenhaus bringen.«

»Nein, ist schon in Ordnung«, erklärte ich und mir machte es tatsächlich nichts aus, von ihm behandelt zu werden. Irgendwie war es mir sogar lieber, als im Krankenhaus von einem gänzlich Unbekannten untersucht zu werden. Außerdem war meine Mom ebenfalls anwesend, was mir zusätzliche Sicherheit verschaffte.

Nachdem die Untersuchung abgeschlossen war, notierte Robert die Ergebnisse sorgsam auf dem Blatt Papier, welches noch immer auf dem Klemmbrett steckte. Robert erklärte außerdem, dass er die Untersuchungsergebnisse offiziell festhalten musste, weshalb alles schriftlich von ihm aufgenommen wurde. Glücklicherweise schien er sehr zufrieden mit meinem körperlichen Zustand, allerdings teilte er mir ebenfalls mit, dass er in der Nacht bereits eine Blutprobe von mir an ein Labor weitergeleitet hatte. Dort würde ein toxikologisches Gutachten erstellt werden, um festzustellen, ob sich tatsächlich Betäubungsmittel in meinem Blutkreislauf befanden. Außerdem sollte ich noch eine Urinprobe abgeben, um diese ebenfalls von dem Labor untersuchen zu lassen.

»Leider werden wir wohl mindestens zwei Wochen auf den endgültigen Bericht warten müssen. Trotzdem würde ich empfehlen, dass wir gleich zum Polizeirevier fahren und dort eine Anzeige stellen.

»Polizei?«, hakte ich mit großen Augen nach. Darüber, Rachel anzuzeigen, hatte ich bis jetzt noch gar nicht nachgedacht, und irgendwie stresste mich der Gedanke daran.

»Selbstverständlich. Auch, wenn Rachel alles abstreitet, sollten wir die Polizei ermitteln lassen. Fakt ist, dass dein Zustand nach der Einnahme eines Getränkes aufgetreten ist, welches du von Rachel erhalten hast. Anschließend hat Gabriel ein kleines braunes Fläschchen bei ihr entdeckt. Solche Flaschen stehen häufig im Zusammenhang mit K.-o.-Tropfen. Zusammengefasst sind das natürlich aktuell nichts weiter als

Indizien, allerdings werden diese spätestens dann untermauert, wenn der toxikologische Bericht unseren Verdacht erhärtet«, antwortete Robert geduldig, während meine Mom mir beruhigend über die Haare strich.

Obwohl ich eigentlich am liebsten eine heiße Dusche genommen hätte, stimmte ich schließlich zu, sofort mit ihnen zur Polizeiwache zu fahren. In Zeitlupe rollte ich mich aus dem Bett, nur um mir erschöpft etwas überzuziehen. Anschließend schlich ich die Treppe ins Erdgeschoss hinunter, wo meine Mom und Robert bereits auf mich warteten.

Es dauerte glücklicherweise nicht lange, bis wir das nächstgelegene Polizeirevier erreicht hatten. Mom begleitete mich in das Gebäude, während Robert auf meinen Wunsch hin im Auto wartete. Der Linoleumboden im Inneren der Wache wirkte mindestens genauso trostlos, wie ich mich in diesem Moment fühlte. Trotzdem bemühte ich mich, der einfühlsamen Polizistin alles so genau, wie es mir eben möglich war, zu schildern. Meine Mom wich mir währenddessen nicht von Seite und drückte immer wieder aufmunternd meine Hand.

Nachdem die Polizistin meine Aussage mitgetippt hatte, versicherte sie mir eindringlich, den Geschehnissen auf den Grund zu gehen. Natürlich wollte ich glauben, dass sich alles aufklären würde, allerdings fiel mir das zugegebenermaßen recht schwer. Irgendwie fühlte ich mich, als hätte mich meine Menschenkenntnis vollkommen im Stich gelassen, und diese Tatsache war ziemlich schwer zu akzeptieren.

Vollkommen erschöpft schleppte ich mich schließlich wieder zum Wagen zurück, wo Robert bereits ungeduldig auf uns wartete. Während meine Mom ihn über das Gespräch mit der Polizistin aufklärte, lehnte ich meinen Kopf müde an die Fensterscheibe und schloss für einen Moment meine Augen. Alles, was ich wollte, war, mich wieder in mein Bett zu legen und meinem Körper noch etwas Ruhe zu gönnen.

27. Unangenehme Tatsachen

Es war eine enorme Erleichterung, als ich nach dem Aufwachen endlich dazu in der Lage war, duschen zu gehen. Das warme Wasser fühlte sich wie eine sanfte Massage auf meinem geschwächten Körper an, und für einen kurzen Augenblick konnte ich sogar die dunklen Gedanken an Rachel und ihre vermeintliche Hinterhältigkeit verdrängen.

In deutlich besserer Verfassung stieg ich schließlich aus der Dusche und kuschelte mich in ein großes Handtuch, während ich ein kleines um meine Haare wickelte. Mit einer schnellen Bewegung wischte ich über den beschlagenen Spiegel, damit ich mich in ihm betrachten konnte. Die dunklen Schatten unter meinen Augen signalisierten deutlich, wie geschwächt mein Körper noch immer war, aber trotzdem fühlte ich mich besser.

Natürlich hatte sich auch mein Dad bereits bei mir gemeldet, als er von meiner Mom über die Vorkommnisse informiert worden war. Obwohl er beruflich sehr viel zu tun hatte, hatte er auf der Stelle nach Richmond reisen wollen, um mir zur Seite zu stehen. Allerdings hatte ich ihm mit Nachdruck versichert, dass es mir gut gehe. Ich vermisste ihn, wollte ihm jedoch Schwierigkeiten auf der Arbeit ersparen.

Nachdem ich meine Zähne geputzt hatte, entfernte ich das kleine Handtuch von meinem Kopf und versuchte, mit der Bürste meine störrische Mähne zu bändigen. Meine Haare schienen im trockenen Zustand aufgrund ihrer Dichte vollkommen glatt, aber sobald sie mit Wasser in Berührung kamen, verwandelten sie sich in nahezu unbezwingbare Locken.

Als ich im Badezimmer fertig war, öffnete ich die Tür, um zurück in mein Zimmer zu gelangen. Voller Entsetzen bemerkte ich Gabriel, welcher wie selbstverständlich mit zwei Pizzakartons auf meinem Bett saß und mich lächelnd betrachtete.

»Wird das jetzt zu unserem Ding, dass du dauernd überraschend bei mir aufkreuzt?«, meckerte ich ihn ungehalten an, während mir vor Schreck beinahe das Handtuch heruntergerutscht wäre. Kopfschüttelnd trat ich an meinen Kleiderschrank, um mir etwas zum Anziehen rauszusuchen, und verschwand schnell wieder im Badezimmer.

»Ich dachte, du hast vielleicht Hunger«, erklärte Gabriel unschuldig, als ich angezogen erneut die Tür öffnete und ihn fragend anblickte. Er öffnete die Pappschachteln und der köstliche Duft von frischer Pizza stieg mir in die Nase.

»Pizza ist jetzt genau das Richtige«, stimmte ich schließlich zu und ließ mich im Schneidersitz auf meinem Bett nieder. Dass sich mein Appetit meldete, wertete ich als gutes Zeichen.

»Ich habe gehört, dass du Anzeige erstattet hast. Natürlich habe ich mich auch schon bei der Polizei gemeldet und dort von meiner Beobachtung berichtet. Soweit ich mitbekommen habe, war die Polizei bereits bei Rachel, um sie zu allem zu befragen.«

»Irgendwie kann ich immer noch nicht glauben, dass sie tatsächlich zu so etwas in der Lage ist«, antwortete ich betrübt. Die Tatsache, von ihrer Fassade derart geblendet gewesen zu sein, setzte mir doch mehr zu, als ich zugeben wollte.

»O doch, sie ist zu einigem fähig, das kannst du mir glauben«, erwiderte Gabriel verbittert, woraufhin ich den Blick hob, um ihn anzusehen. Warum war er überhaupt mit ihr zusammen, wenn er so eine schlechte Meinung von ihr hatte?

»Ich verstehe nicht, warum du nicht auf ihrer Seite bist. Ihr seid doch zusammen, oder habe ich da irgendetwas falsch aufgefasst?«, sprach ich meine Gedanken laut aus, woraufhin sich sein Gesichtsausdruck merklich verdunkelte.

»Hör zu«, begann er eindringlich, »es ist nicht immer alles so, wie es scheint. Rachel ist Geschichte für mich und das eigentlich nicht erst seit der beschissenen Party. Es war schon länger eine On-off-Beziehung, aber sie hat mich ziemlich unter Druck gesetzt und deshalb habe ich es nie offiziell beendet. Aber nun ist definitiv Schluss mit der Show. Ich will nichts mehr mit ihr zu tun haben«, erklärte er ernst und es wirkte fast so, als wäre ihm diese Unterhaltung unangenehm.

Obwohl ich es mir nicht eingestehen wollte, freute ich mich, dass er sich nun endgültig von Rachel losgesagt hatte und anscheinend uneingeschränkt auf meiner Seite stand.

»Mit was hat sie dich denn unter Druck gesetzt?«, wollte ich daraufhin von ihm wissen und musterte ihn interessiert. Es ging mich natürlich nichts an, aber neugierig war ich trotzdem.

»Ach, ist nicht so wichtig«, wiegelte er zu meiner Enttäuschung ab und lehnte sich wie selbstverständlich in meinem Bett zurück, während er herzhaft in ein Stück Pizza biss. »Die Hauptsache ist nur, dass du bald wieder ganz fit bist und dass Rachel zur Verantwortung gezogen wird.«

Am nächsten Morgen überraschte mich meine Mom mit einem Frühstückstablett, welches sie vorsichtig auf meiner Bettdecke abstellte. Neben zwei Erdnussbuttertoasts hatte sie einen riesigen Obstteller vorbereitet, und während ich mich an dem liebevoll angerichteten Essen bediente, nahm meine Mutter ebenfalls neben mir Platz.

»Wie lange war Gabriel denn gestern noch hier? Ich muss auf der Couch eingeschlafen sein, denn ich habe ihn gar nicht gehen sehen«, wollte sie von mir wissen und schob sich beiläufig eine Erdbeere in den Mund.

»Wir haben Pizza gegessen und dann ist er nach Hause gefahren«, antwortete ich wahrheitsgemäß, aber ein Augenrollen konnte ich mir trotzdem nicht verkneifen. Dachte sie wirklich, ich würde nicht checken, dass sie mich indirekt verhörte?

»Gabriel hat sich ganz schöne Sorgen um dich gemacht. Er scheint dich wirklich zu mögen«, erwiderte sie daraufhin grinsend und stieß mir neckisch ihren Ellenbogen in die Seite.

»Mom! Lass das, okay?«, brummte ich genervt und hoffte, sie würde es gut sein lassen. Sie hatte nämlich absolut keine Ahnung, was in der letzten Zeit vorgefallen war, und ich verspürte auch keine Lust, sie über alle Details aufzuklären.

In diesem Moment steckte Amy überraschend ihren Kopf zur Tür rein. »Tut mir leid, dass ich mich nicht angemeldet habe, aber Robert hat mich reingelassen und meinte, ich könne ruhig zu dir raufgehen.«

Meine Mom realisierte sofort, dass wir alleine sein wollten, und räumte das Feld. Nachdem sie die Tür hinter sich geschlossen hatte, stürmte Amy auf mich zu und schlang ihre Arme um mich.

»Es tut mir so leid, dass ich nicht auf dich aufgepasst habe«, schluchzte sie in meine Schulter, aber ich löste mich und umschloss ihr Gesicht mit beiden Händen.

»Es ist nicht deine Schuld, hörst du? Niemand konnte wissen, was Rachel vorhatte«, versuchte ich, sie zu beruhigen. Ich wollte unter keinen Umständen, dass sie sich eine Mitschuld an den Ereignissen gab.

»Es war meine Idee, zu der beschissenen Party zu gehen! Außerdem wusste ich vorher schon, was für eine Bitch Rachel ist«, protestierte sie jedoch, während dicke Tränen über ihre Wangen kullerten.

»Schon gut. Ich bin okay«, flüsterte ich und diesmal war ich es, die ein Taschentuch von meinem Nachttisch angelte und ihr damit das Gesicht trocknete. »Und jetzt erzähl mir bitte, was nach dem Glas Wodka passiert ist. Ich erinnere mich an überhaupt nichts mehr.«

»Ich wollte tanzen, also sind wir ins Wohnzimmer gegangen«, begann sie, als sie sich einigermaßen beruhigt hatte. »Dann habe ich versucht, dich zum Mitmachen zu animieren, aber du hattest keine Lust und wolltest dich lieber hinsetzen. Natürlich habe ich vorgeschlagen, dich zu begleiten, aber die Couch war in Sichtweite und du hast darauf bestanden, dass ich weiter Spaß haben soll. Das war der größte Fehler, den ich je gemacht habe ...«

»Und dann?«, ermutigte ich sie zum Weiterreden, während ich wie gebannt an ihren Lippen hing. Ich musste einfach wissen, was auf der Party geschehen war.

»Ich habe also getanzt und als ich wieder zu dir schauen wollte, warst du plötzlich verschwunden. Selbstverständlich habe ich sofort angefangen, dich zu suchen, aber als ich dich nicht finden konnte, bin ich langsam panisch geworden. Irgendwann ist mir Gabriel in die Arme gelaufen und er war total aufgebracht, weil er bei Rachel ein braunes Behältnis entdeckt hat und besorgt war, dass sie dir etwas untergemischt hat. Dann haben wir uns für die weitere Suche aufgeteilt und zum Glück hat er dich ziemlich schnell im Garten gefunden. Er hat sich sofort um dich gekümmert, und als ich zu euch kam, hattest du ihn bereits vollgekotzt und sein Dad war von ihm telefonisch über alles informiert worden.«

»Ich habe *was*?«, rief ich entsetzt und schlug mir peinlich berührt die Hand vor den Mund. Hatte ich ihn wirklich angekotzt? Ich konnte zwar nichts dafür, aber trotzdem wurde mein Körper von einer unangenehmen Hitze erfasst und ich schämte mich in Grund und Boden.

Das erklärte natürlich auch, warum er überhaupt hier duschen gewesen war.

28. Die Zeit heilt alle Wunden

Als ich Mitte der Woche wieder mit der Schule startete, hatte sich natürlich herumgesprochen, was auf der Party vorgefallen war. Obwohl der Verdacht auf Rachel lag, galt die Unschuldsvermutung und mir war nicht erlaubt, sie öffentlich zu beschuldigen, solange die Ermittlungen noch nicht abgeschlossen waren. So kam es also, dass ich vor Beginn des Unterrichts gemeinsam mit Rachel zu einem Gespräch mit der Schulleitung zitiert wurde. Rachels Eltern hatten nämlich im Vorfeld alle Hebel in Bewegung gesetzt, um ihren guten Ruf nicht beschmutzen zu lassen.

Rachel saß bereits auf einem Stuhl vor dem Schreibtisch des Direktors, als ich den Raum betrat. Sie vermied es, mich anzusehen, als ich neben ihr Platz nahm, und es fühlte sich seltsam an, mit ihrer Präsenz konfrontiert zu werden.

»Ich wurde bereits über den Vorfall in Kenntnis gesetzt und habe euch beide in mein Büro bestellt, um ein paar Verhaltensregeln aufzustellen«, begann der Direktor, während sein Blick zwischen mir und Rachel wechselte. »Bis es nicht zweifelsfrei bewiesen ist, kann ich nicht zulassen, dass Anschuldigungen aufgestellt werden. Ist das so weit verständlich?«

Bevor ich jedoch antworten konnte, brach Rachel neben mir in Tränen aus. »Das alles ist eine Verschwörung gegen mich. Ich würde so etwas doch niemals machen«, schluchzte sie drauflos, woraufhin der Direktor ihr mit einer Geste bedeutete, zu schweigen.

»Es steht mir nicht zu, zu urteilen. Es gilt so lange die Unschuldsvermutung, bis die Ermittlungen der Polizei etwas anderes ergeben.« Er stockte kurz in seiner Ausführung und fixierte Rachel mit seinem Blick, bevor er weitersprach. »Sollte sich jedoch herausstellen, dass eine Schülerin eine andere Schülerin unter Drogen gesetzt hat, wird dies ernsthafte schulische Konsequenzen nach sich ziehen. Dabei spielt es keine Rolle, ob sich dieser Vorfall außerhalb der Schulmauern zugetragen hat.«

Ich war bereits kurz davor, Rachel ihre Darbietung abzukaufen, als sie einen unerwarteten Trumpf gegen mich ausspielte. »Können Sie Mr Porter vielleicht zu der Unterhaltung hinzuziehen? Es gibt da etwas *wirklich Wichtiges*, das er wissen sollte«, richtete Rachel erneut das Wort an unseren Direktor. Obwohl er sichtlich irritiert war, führte er sein Telefon ans Ohr, um die Sekretärin zu bitten, diesen in sein Büro zu bitten.

Mir war währenddessen immer noch nicht klar, was Mr Porter mit der Angelegenheit zu schaffen hatte. Allerdings wusste ich, dass dies nichts Gutes bedeuten konnte.

Es dauerte nicht lange, bis er gehetzt und sichtlich irritiert ins Büro reinschneite.

»Was ist los?« Verwundert nahm er neben dem Schulleiter Platz, während Rachel in ihrer Tasche wühlte.

»Eigentlich wollte ich dazu nichts sagen, aber Sophia hat mich schon längere Zeit erpresst«, begann Rachel mit zitternder Stimme und zog nebenbei Dokumente aus ihrer Tasche, welche ich auf Anhieb als meine Ausarbeitung über New York identifizierte.

»Das hier ist der Bericht, den ich für sie schreiben musste«, schluchzte sie, während große Krokodilstränen über ihre Wangen strömten. »Sie hat gedroht, meine Beziehung zu sabotieren, wenn ich ihn nicht für sie anfertige und anschließend beim Planungskomitee durchwinke. Sie wollte sich auf diese Weise ein Empfehlungsschreiben von Ihnen erschleichen, Mr Porter.«

»Das ist nicht wahr!«, rief ich entsetzt und sprang aufgebracht von meinem Stuhl auf. Heiße Tränen bahnten sich nun ebenfalls den Weg über mein Gesicht. »Sie lügt! Ich habe den Artikel verfasst, und sie wollte ihn zur Durchsicht, um ihn anschließend an Sie weiterzuleiten!«

Unser Lehrer schien etwas überfordert mit der Situation und es dauerte einen Augenblick, bis er sich wieder gefangen hatte. »Ich kann aktuell nicht beurteilen, wer von Ihnen die Wahrheit sagt. Allerdings dulde ich solche Spielchen nicht.«

»Wenn ich irgendwie dazu beitragen kann, meine Aussage zu beweisen, lassen Sie es mich bitte wissen«, richtete sich Rachel direkt an ihn, während sie sich theatralisch die Nase putzte. Anscheinend hatte sie es sich tatsächlich zum Ziel gesetzt, mich vollkommen zu zerstören.

»Es gibt keine Beweise für diese Lüge und das weißt du auch ganz genau«, wandte ich mich nun an Rachel. Diese dachte jedoch überhaupt nicht daran, mich anzusehen.

»Ich würde das Gespräch gerne an dieser Stelle fürs Erste beenden. Es bringt nichts, jetzt darüber zu spekulieren, wer von Ihnen lügt. Allerdings möchte ich noch anmerken, dass ich selbstverständlich nur ein Empfehlungsschreiben ausstellen kann, wenn ich der Überzeugung bin, dass es auch gerechtfertigt ist. Wenn ich nicht zweifelsfrei zuordnen kann, wer der Verfasser ist, bin ich gezwungen, den Artikel nicht zu berücksichtigen. Ich werde mich in diesem speziellen Fall mit meinen Kollegen besprechen und Ihnen zeitnah Rückmeldung geben.«

Mit diesen Worten verließ Mr Porter das Büro und auch der Direktor gab uns zu verstehen, dass wir nun ohne großes Aufsehen die Unterrichtsräume aufsuchen sollten.

»Warum tust du das? Was habe ich dir getan, dass du meine Zukunft zerstören willst? Ohne dieses Empfehlungsschreiben werde ich kein Stipendium bekommen, ist dir das eigentlich klar?«, wollte ich unter Tränen von Rachel wissen, als wir auf den Korridor getreten waren. Mir war bewusst, dass ich eigentlich nicht mit ihr sprechen sollte, aber ich war so verzweifelt, dass die Worte einfach so aus mir heraussprudelten.

»Wenn du glaubst, mir einfach so den Freund ausspannen zu können, hast du dich geschnitten. Niemand nimmt mir etwas weg, hörst du?«, zischte sie mir so leise in mein Ohr, dass niemand der umstehenden Schüler ihre Worte hören konnte. Dann warf sie mir noch ein bösartiges Lächeln zu, bevor sie sich umdrehte und den Korridor entlangstolzierte.

Verzweifelt versuchte ich, mich zu beruhigen, aber die Erkenntnis, dass Rachel zu solchen Machenschaften in der Lage war, wog schwer. Anscheinend reichte es ihr nicht, mich unter Drogen zu setzen. Sie wollte mich vollkommen fertig machen und dafür sorgen, dass sogar meine Collegebewerbungen sabotiert wurden.

Obwohl ich am liebsten jedem von Rachels wahrem Wesen erzählt hätte, wusste ich, dass es mir nur geschadet hätte. Zwar hatte sie mit ihrer verbalen Drohung indirekt zugegeben, schuldig zu sein, allerdings hatte ich keine Beweise gegen sie in der Hand. Daher blieb mir nichts weiter übrig, als die Wochen abzuwarten, bis endlich das toxikologische Gutachten vorlag, und darauf zu vertrauen, dass die Ermittlungen der Polizei zielführend sein würden.

Es fiel mir verdammt schwer, Rachel jeden Tag in der Schule zu sehen, aber ich versuchte, sie so gut wie möglich zu ignorieren. Amy, Lauren und Jackson standen mir zur Seite und gaben mir Halt. Auch Gabriel setzte sich für mich ein, indem er Mr Porter aufsuchte, um ihm zu berichten, dass er mich bei meiner Recherchearbeit in New York begleitet hatte und somit bezeugen konnte, dass ich tatsächlich an dem Artikel gearbeitet hatte.

Eine Entscheidung von Mr Porter stand jedoch noch aus und ich konnte nichts weiter machen, als auf ein Empfehlungsschreiben zu hoffen. Diese Ungewissheit lähmte mich innerlich, aber trotzdem schaffte ich es irgendwie, nicht aufzugeben.

Als sich die zweiwöchige Frist endlich dem Ende zuneigte, lag ich abends wieder einmal schlaflos in meinem Bett. Ich konnte es kaum erwarten, das Gutachten in den Händen zu halten und endlich Gewissheit darüber zu erlangen, ob mir Drogen verabreicht worden waren. Natürlich rechnete niemand in meinem Umfeld damit, dass das Ergebnis negativ ausfiel, trotzdem würde es einiges ändern, wenn ich endlich einen stichhaltigen Beweis vorliegen hatte.

Außerdem kreisten meine Gedanken noch immer regelmäßig um Gabriel. Ich wollte es mir nicht eingestehen, aber innerlich war mir bewusst, dass ich ihn mehr mochte, als ich nach außen hin preisgab. Die Tatsache, dass er nicht mehr mit Rachel zusammen war, hatte diese Gefühle zusätzlich verstärkt. Allerdings hätte ich meine diesbezüglichen Gedanken niemals offen zugegeben.

Nachdem ich mich etliche Male hin und her gewälzt hatte, blickte ich schließlich auf die Uhr. Es war mittlerweile 1 Uhr nachts und in wenigen Stunden würde mein Wecker klingeln. Genervt von meiner Schlaflosigkeit, setzte ich mich in meinem Bett auf und beschloss, mir in der Küche ein Glas Wasser zu holen. Ich schlüpfte also unter meinen Laken hervor, um möglichst leise meine Tür zu öffnen und anschließend geräuschlos ins Erdgeschoss zu gehen. Ich verzichtete darauf, den Lichtschalter zu betätigen, da ich weder meine Mom noch Robert aufwecken wollte.

Beim Betreten der Küche traf mich jedoch fast der Schlag, denn es befand sich bereits eine Person in dem Raum: Gabriel. Nur mit Boxershorts bekleidet stand er vor dem geöffneten Kühlschrank und war anscheinend gerade dabei, sich ebenfalls etwas zu trinken zu beschaffen. Er zuckte erschrocken zusammen, als er mich im Türrahmen bemerkte.

»Was machst du denn hier?«, wollte ich augenblicklich von ihm wissen. Ich versuchte, dabei die Tatsache zu ignorieren, dass die Kühlschrankbeleuchtung genau auf seinen muskulösen Oberkörper schien, und bemühte mich, ihm stattdessen in die Augen zu sehen.

»Ich war nur durstig«, begann er ertappt, während er auf die Wasserflasche in seiner Hand deutete. »Es gab Stress mit meiner Mom, weshalb ich mit meinem Dad vereinbart habe, heute hier zu übernachten. Ich bin erst zwei Stunden hier und deine Mom meinte, du würdest schon schlafen. Sonst hätte ich dir Bescheid gegeben.«

»Schon in Ordnung«, wiegelte ich ab und trat an den Hängeschrank über der Spüle heran, um zwei Gläser herauszufischen. Gleich nachdem ich sie auf der Arbeitsplatte abgestellte hatte, schloss Gabriel zu mir auf und verteilte die klare Flüssigkeit auf die Behältnisse. Als er mir mein Glas reichte, berührten sich für den Bruchteil einer Sekunde unsere Finger. Diese kleine Berührung fühlte sich fast wie ein Stromschlag an, weshalb ich tatsächlich kurz zusammenzuckte.

»Bist du angespannt wegen des Gutachtens?«, ergriff er schließlich wieder das Wort, während er lässig an der Arbeitsplatte lehnte und einen Schluck aus dem Glas nahm.

»Irgendwie schon. Ich hoffe einfach, dass Rachel zur Rechenschaft gezogen wird, und darauf, dass ich das Empfehlungsschreiben doch noch erhalten werde.«

»Ich bin mir sicher, dass Mr Porter zu deinen Gunsten entscheiden wird. Alles andere wäre doch verrückt.«

Gabriel stand so nah neben mir, dass ich seine Körperwärme ganz deutlich spüren konnte. Die Nähe zu ihm machte mich so nervös, dass mir fast das Glas aus der Hand gefallen wäre.

»Ich werde jetzt wieder ins Bett gehen«, brachte ich schließlich hervor, bevor ich mich auch schon zum Gehen abwandte. Gabriel hielt mich jedoch an meinem Handgelenk zurück und flüsterte mir ein »Schlaf schön« in mein Ohr, bevor er den Griff sofort wieder löste.

Ohne ein weiteres Wort, dafür mit klopfendem Herzen, verließ ich die Küche und begab mich zurück in mein Zimmer. Mit dem Wissen, dass Gabriel und ich nur durch das Verbindungsbadezimmer getrennt waren, würde ich wahrscheinlich überhaupt nicht mehr in den Schlaf finden können.

29. Kein Handeln ohne Konsequenzen

Noch drei weitere Tage dauerte es, bis das toxikologische Gutachten vorlag. Darin wurde zweifelsfrei bestätigt, dass sich zum Ereigniszeitraum nachweislich eine betäubende Substanz in meinem Blutkreislauf befunden hatte. Obwohl es verstörend war, nun schwarz auf weiß zu haben, tatsächlich unter Drogen gesetzt worden zu sein, war es auch erleichternd. Zumindest würde diese Tatsache bei den Ermittlungen eine tragende Rolle spielen.

Selbstverständlich wurde das Gutachten sofort an die Polizei und auch an die Schule weitergeleitet. Im Zuge dessen entschieden Rachels Eltern, dass ihre Tochter bis zum Abschluss der Untersuchungen von der Schule freigestellt werden sollte. Kurz nachdem diese Entscheidung getroffen worden war, wurde ich zu einem erneuten Gespräch ins Büro der Schulleitung zitiert.

Angespannt betrat ich den Raum und nahm zur Kenntnis, dass Mr Porter ebenfalls anwesend war.

»Setz dich bitte«, forderte er mich auf und deutete auf einen freien Stuhl vor dem Schreibtisch. »Ich möchte mit dir über das Empfehlungsschreiben sprechen«, begann er schließlich, woraufhin mein Körper sogleich von einem Adrenalinschub geflutet wurde. Angespannt versuchte ich, in seinem Gesicht zu lesen, was er mir zu sagen hatte, aber Mr Porter hatte ein Pokerface aufgesetzt.

»Also«, ergriff er erneut das Wort, »du warst immer eine zuverlässige, engagierte Schülerin. Die Journalismus-AG ist insbesondere durch dein Mitwirken gewachsen, was sich auch dadurch gezeigt hat, dass es ein paar eurer Artikel in die örtliche Zeitung geschafft haben. Ich war so frei und habe den Artikel über New York geprüft, indem ich ihn mit vorherigen Artikeln von dir verglichen habe. Gemeinsam mit unserem Direktor bin ich zu der Erkenntnis gelangt, dass der Schreibstil dir zuzuordnen ist. Daher freue ich mich, dir mitteilen zu können, dass die Schule dir selbstverständlich ein Empfehlungsschreiben für deine Collegebewerbungen ausstellen wird.«

Aus einem spontanen Impuls heraus sprang ich auf, umrundete den Schreibtisch und fiel Mr Porter um den Hals. Als mir bewusst wurde, was ich da gerade tat, löste ich meine Umarmung und trat verschämt einen Schritt zurück.

»Danke«, wandte ich mich schließlich an ihn, während ich die Freudentränen nicht mehr zurückhalten konnte.

Vollkommen gelöst verließ ich das Büro und spürte dabei nichts als pure Erleichterung. Rachel hatte es nicht geschafft, meine Zukunft zu zerstören.

Die Wochen zogen ins Land und es stellte sich langsam eine neue Normalität ein, worüber ich mich sehr freute. Ich hatte Rachel nicht mehr gesehen, was mich extrem erleichterte. Endlich konnte ich mich wieder vollends auf die Schule konzentrieren, denn die Noten des letzten Schuljahres entschieden schließlich ebenfalls darüber, welches College ich nach dem Abschluss besuchen würde. Das Empfehlungsschreiben würde mir dabei helfen, ein Stipendium zu bekommen, aber für gute Noten musste ich natürlich auch sorgen. Die Bewerbungsphase startete zwar erst im Januar, aber ich wollte nichts dem Zufall überlassen. Zudem wurde mein Artikel über New York trotz all der Aufregung von den restlichen Mitgliedern des Planungskomitees übernommen und so standen bereits einige Ausflugsziele für unsere Abschlussfahrt fest.

Gabriel und ich hatten mittlerweile eine fast schon freundschaftliche Ebene gefunden, und unser Verhältnis war zugegebenermaßen ziemlich gut geworden. Ich versuchte, mir weiterhin einzureden, nur platonische Gefühle für ihn zu haben. Dies klappte an einigen Tagen besser als an anderen. Seine Anwesenheit machte mich zwar immer noch nervös, aber ich war besser darin geworden, es zu überspielen. Er beteiligte sich weiterhin am Journalismus-Club, allerdings waren seine Besuche dort seltener geworden. Schließlich musste er sich wieder vollends auf seine Leistung beim Football fokussieren. Ich wusste, dass ihm ein Sportstipendium in Aussicht gestellt worden war, weshalb ich seine disziplinierte Haltung absolut nachvollziehen konnte.

Als die Vorbereitungen für die Abschlussfahrt in greifbare Nähe rückten, schwankten meine Gefühle beinahe täglich. Natürlich freute ich mich darauf, diese wunderbare Stadt erneut besuchen zu können, aber insgeheim befürchtete ich, permanent an den Aufenthalt mit Gabriel erinnert zu werden. Immerhin waren wir Stiefgeschwister und ich hätte wirklich nicht mehr als Freundschaft für diesen Kerl fühlen sollen. Amy spürte meine Anspannung natürlich, aber sie versicherte mir stets, dass wir eine unvergessliche Zeit haben würden. Wenigstens würde Rachel nicht an der Fahrt teilnehmen, was mich deutlich erleichterte.

»Ich kann es kaum erwarten, endlich dem Schulstress zu entfliehen«, freute sich meine beste Freundin, nachdem wir den letzten Schultag vor der Abschlussfahrt hinter uns gebracht hatten. Es war mittlerweile November und nun trennte uns tatsächlich nur noch das Wochenende von der fünftägigen Fahrt nach New York. So langsam stellte sich dann doch eine leichte Nervosität ein, aber ich überspielte meine Unsicherheit mit einem Lächeln.

»Wir haben uns definitiv eine Pause verdient«, stimmte ich zu und hoffte inständig, dort ein wenig abschalten zu können. Das permanente Lernen und die gesamten Umstände hatten an meinen Nerven gezehrt.

Die Nacht vor unserer Abschlussfahrt war furchtbar, denn ich konnte einfach nicht in den Schlaf finden. Permanent drehte ich mich von der einen Seite zur anderen und versuchte in meiner Verzweiflung sogar, imaginäre Schafe zu zählen. Natürlich erfolglos.

Als ich es nicht mehr aushielt, stand ich schließlich mitten in der Nacht auf und kontrollierte zum tausendsten Mal den Inhalt meines Reisekoffers. Im Gegensatz zu meiner letzten Fahrt nach New York hatte ich meine Sachen dieses Mal selbst gepackt, und obwohl ich keine riesige Garderobe besaß, war mir die Auswahl nicht leichtgefallen. Mittlerweile waren die Temperaturen deutlich gefallen, weshalb ich mich größtenteils für wärmende Kleidung entschieden hatte.

Ein paar Stunden später fand ich mich dann tatsächlich völlig übermüdet auf dem Beifahrersitz neben meiner Mom wieder. Sie hatte sich natürlich bereit erklärt, mich auf dem Parkplatz vor meiner Schule abzusetzen, da wir von dort aus mit zwei Bussen starten wollten.

»Freust du dich auf New York?«, erkundigte sie sich, während sie mit einer Hand am Autoradio herumfummelte, um ihren Lieblingssender einzustellen. Als sie ihn endlich gefunden hatte, warf sie mir einen fragenden Blick zu.

»Eigentlich schon«, antwortete ich nachdenklich und konnte nur mit Mühe ein Gähnen unterdrücken. Mir war jedoch bewusst, dass dieser Aufenthalt eine ganz andere Atmosphäre haben würde. Immerhin war ich mit Gabriel im Sommer dort gewesen und nun standen bereits alle Zeichen auf Weihnachten.

»Ihr werdet eine gute Zeit haben, davon bin ich überzeugt«, erwiderte Mom optimistisch und trommelte gut gelaunt mit ihren Fingern auf dem Lenkrad. »Ich erinnere mich heute noch gerne an meine Abschlussfahrt.«

Nachdem ich mir die restliche Fahrzeit zahlreiche ihrer Anekdoten anhören musste, atmete ich erleichtert auf, als sie den Wagen schließlich auf den Parkplatz lenkte. Zwei große Reisebusse waren bereits vor Ort und einige Schüler standen in Gruppen um die Fahrzeuge verteilt.

»Ich nehme an, du möchtest alleine rübergehen, oder?«, fragte meine Mutter lachend und deutete mit einer Geste in Richtung der Busse. Dies war eigentlich nur eine rhetorische Frage, denn natürlich kannte sie die Antwort bereits.

Wir verabschiedeten uns also im Auto, bevor ich ausstieg und mein Gepäck aus dem Kofferraum nahm. Zum Abschluss winkte ich Mom noch mal, bevor sie das Fahrzeug wendete und den Parkplatz verließ.

Während ich zu den anderen aufschloss, entdeckte ich aus der Entfernung bereits Amy, Lauren und Jackson. Sie waren gerade dabei, ihre Koffer den Busfahrern zu übergeben, und ich konnte mir lebhaft vorstellen, wie aufgedreht meine beste Freundin sein musste.

»Hey!«, quietschte Amy in einer erschreckend hohen Tonlage, als sie mich ebenfalls gesichtet hatte. Sofort riss sie ihre Arme in die Luft und bedeutete mir mit ihren Händen, dass ich mich gefälligst ein wenig beeilen sollte.

»Guten Morgen«, wandte ich mich gut gelaunt an meine drei Freunde, als ich endlich zu ihnen aufgeschlossen hatte. Lauren und Jackson kamen jedoch gar nicht mehr dazu, mich ausführlich zu begrüßen, da Amy mir sofort meinen Koffer aus der Hand riss und ihn an den Busfahrer weiterreichte.

»Kommt! Sonst sind gleich alle guten Plätze belegt«, wies sie uns lachend an, nachdem mein Gepäck ebenfalls verstaut worden war. Sie griff nach meiner Hand und zog mich eilig in das Innere des Busses, woraufhin Lauren und Jackson uns ebenfalls folgten.

Während wir durch den Bus liefen, hielt ich unauffällig Ausschau nach Gabriel. Zufällig konnte ich durch die Scheibe beobachten, dass er in diesem Moment gemeinsam mit seinen Footballkumpeln Cole und Brian auf dem Parkplatz erschien.

Langsam ließ ich mich auf den Sitz neben Amy sinken und fragte mich insgeheim, was für Überraschungen New York wohl dieses Mal für mich bereithalten würde.

30. Die Stadt der Träume

Es dauerte eine Weile, bis sich alle Schüler und die begleitenden Lehrer auf die Sitzplätze verteilt hatten, aber die Busse schafften es trotzdem, pünktlich loszufahren. Gabriel und seine Kumpel waren erst kurz vor der Abfahrt zugestiegen, da sie zuvor noch mit ein paar anderen Footballspielern in Gespräche verwickelt gewesen waren. Trotzdem freute ich mich natürlich insgeheim, dass er ebenfalls mit unserem Bus fuhr.

»Hey, Sophia«, begrüßte er mich im Vorbeigehen und zwinkerte mir unauffällig zu. Als ich verstohlen über meine Schulter nach hinten blickte, beobachtete ich, wie er sich mit seinen Freunden in der letzten Reihe niederließ.

»Du hast ihn dir immer noch nicht aus dem Kopf geschlagen, oder?«, neckte mich Amy lachend, woraufhin ich ihr einen strengen Blick zuwarf. Wir hatten dieses Thema bereits mehrfach ausdiskutiert, aber sie wollte mir einfach nicht glauben, dass ich nichts für Gabriel empfand. Wahrscheinlich lag das auch ein bisschen daran, dass ich mir selbst nicht ganz glaubte.

Seit den Vorkommnissen mit Rachel hatte Amy ihre Meinung über ihn geändert. Beste Freunde würden sie wohl nie werden, aber sie respektierte ihn und war nicht mehr versucht, ihn bei jeder Gelegenheit zu beleidigen.

Während der Fahrt redete Amy wie ein Wasserfall auf mich ein und es fiel mir zunehmend schwerer, meine Müdigkeit vor ihr zu verbergen. Nachdem ich ein paarmal gegähnt hatte, gab sie irgendwann auf und drehte sich stattdessen zu Lauren und Jackson herum, um die beiden zuzutexten.

Mit geschlossenen Augen lauschte ich noch eine Weile ihrem Gespräch, bevor ich endlich ein wenig Schlaf nachholen konnte.

Das Hotel in New York befand sich auf der Amsterdam Ave, nur zwei Blocks vom Central Park entfernt, und war extra auf Schulfahrten ausgerichtet. Die vordere Gebäudeansicht erinnerte mich ein wenig an ein altes Rathaus, jedoch überhaupt nicht im negativen Sinne, denn es war ein imposantes vierstöckiges Haus mit vielen Fenstern und Verzierungen.

Die Lehrer erledigten die Anmeldung an der Rezeption, während die Schüler noch dicht gedrängt darauf warteten, ihr Gepäck aus dem Laderaum zu erhalten. Anschließend versammelten wir uns gemeinsam im Foyer, wo uns zwei Mitarbeiter des Hotels willkommen hießen. Sie klärten uns über den Tagesablauf und die Regeln auf, bevor einer von ihnen die Jungs aufforderte, ihm in den ersten Stock zu folgen.

Der zweite Mitarbeiter wartete geduldig, bis sein Kollege mit den Schülern verschwunden war, und teilte uns dann mit, dass die Mädchen die Zimmer in der zweiten Etage beziehen würden. Also folgten wir dem Mann über den Treppenaufgang, bis wir schließlich den Flur unseres Stockwerkes erreichten.

Ohne eine weitere Erklärung abzuwarten, stürmte Amy bereits durch den Korridor, um ein geeignetes Zimmer für uns zu reservieren. Es dauerte nicht lange, da hörten Lauren und ich sie auch schon lautstark unsere Namen rufen. Sie hatte es tatsächlich geschafft, eines der begehrten Dreibettzimmer zu ergattern, was sie sogleich mit einem ausgelassenen Siegertanz zelebrierte. Lauren und ich hielten uns lachend am Türrahmen fest, während wir Amy dabei beobachteten, und kamen aus dem Kopfschütteln gar nicht mehr heraus.

Der schmale Raum verfügte auf der rechten Seite über ein Etagenbett, wohingegen an der gegenüberliegenden Wand ein einzelnes Bett platziert war. Neben dem kleineren Bett stand ein Kleiderschrank mit drei Türen und unter dem Fenster befand sich ein runder Tisch mit zwei Stühlen.

»Klein, aber fein«, freute sich Lauren und sah sich aufgeregt in unserem Zimmer um. Vorsichtig deutete sie auf das Einzelbett und fragte: »Habt ihr etwas dagegen, wenn ich dort schlafe?«

»Nein, mach ruhig«, antworteten Amy und ich im Chor, woraufhin wir erneut in schallendes Gelächter ausbrachen. Anscheinend war uns die lange Anreise doch ein wenig zu Kopf gestiegen.

Amy überließ mir die Wahl des Schlafplatzes und so entschied ich mich für das untere Bettgeschoss, was sie mit einem Freudenschrei quittierte, da sie schon immer ein Faible für die obere Etage von Hochbetten besessen hatte. Ich ließ mich also auf meine Matratze sinken und stellte interessiert fest, dass an dem Bettgestell sogar kleine Gardinen angebracht waren, mit welchen man die jeweilige Etage abdunkeln konnte.

Während wir schließlich unsere Klamotten in die Schränke einräumten, klopfte es an der Tür und eine Lehrerin überreichte uns den Programmzettel für die kommenden Tage. Es waren ein paar verpflichtende Gruppenaktivitäten eingeplant, zu welchen auch Ausflüge an die Orte zählten, die ich in meinem Artikel erwähnt hatte. Die restliche Zeit konnte von uns frei verplant werden, was ich als äußert angenehm empfand.

»Heute Abend steht ein Besuch auf dem Times Square auf dem Plan«, merkte Amy freudig an, während sie auf einem der Stühle vor der Fensterbank Platz nahm und neugierig das Programm studierte.

Während meine Freundin die weiteren Programmpunkte laut vorlas, war ich gedanklich schon am Times Square. Sofort musste ich an den wunderschönen Abend mit Gabriel denken und daran, wie er dort nach meiner Hand gegriffen hatte. Die meiste Zeit ignorierte ich die Erinnerung an unseren gemeinsamen Ausflug, aber in dieser Situation konnte ich nichts gegen die Bilder in meinem Kopf unternehmen.

»Sophia?«, hörte ich Amy plötzlich lachend neben mir rufen. »Warum grinst du denn so dümmlich vor dich hin?«

»Ach, nichts!«, erwiderte ich ertappt und fragte mich, was schon wieder mit mir los war. Anscheinend hatte die Stadt der Träume einen merkwürdigen Einfluss auf mich.

Amy bedachte mich daraufhin mit einem wissenden Blick, sparte sich jedoch ausnahmsweise einen entsprechenden Kommentar. Daraufhin ließ ich mich kopfschüttelnd auf mein Bett fallen und zog mit einer schnellen Bewegung den Vorhang zu.

Natürlich hatte ich Gefühle für Gabriel, allerdings durften diese auf keinen Fall über eine normale Freundschaft hinausgehen.

Alles andere wäre auch völlig absurd, oder?

31. Ende oder Anfang

Nach Anbruch der Dunkelheit versammelte sich der komplette Abschlussjahrgang gemeinsam mit den Lehrern vor dem Hotel, um mit der U-Bahn die rund zwanzigminütige Fahrt zum Times Square zu unternehmen.

Als wir unser Ziel erreichten, fühlte ich mich sofort an jenen Sommerabend zurückversetzt. Auch wenn die Temperaturen deutlich gesunken waren, hatte dieser Ort einfach etwas Magisches. Die großen Werbetafeln leuchteten in allen Farben und ich war erneut völlig überwältigt, während Amy ebenfalls nicht aus dem Staunen herauskam.

»Hey, Turner«, flüsterte mir plötzlich eine bekannte Stimme in mein Ohr und automatisch stellten sich meine Nackenhaare auf. Ich musste mich nicht herumdrehen, um zu wissen, wer hinter mir stand.

»Ich glaube, den Teil mit dem Nachnamen haben wir bereits hinter uns gelassen, oder?«, antwortete ich mit gespielter Empörung in der Stimme und drehte mich dann doch nach hinten, um ihn ansehen zu können. Von Zeit zu Zeit erlaubte er sich diesen Scherz, was mich mittlerweile allerdings nicht mehr aus der Fassung bringen konnte.

»Schön, wieder hier zu sein«, merkte er nun in einem ernsteren Tonfall an. Seine Augen ruhten einen Moment auf mir. »Sollen wir von hier abhauen?«

»Was? Wieso sollten wir?«, stammelte ich verwirrt, aber bevor ich mich's versah, hatte ich auch schon Amys Ellenbogen in der Seite. Sie hatte natürlich jedes Wort mitbekommen und signalisierte mir augenblicklich ihr uneingeschränktes Einverständnis.

»Mach schon! Viel Spaß!«, zischte sie mir verschwörerisch zu und stupste mich leicht in Gabriels Richtung. »Ihr habt volle Deckung von mir. Die Lehrer werden euer Fehlen nicht bemerken.«

Als ich zögerlich meine Zustimmung gab, griff Gabriel wie selbstverständlich nach meiner Hand und zog mich unauffällig durch die Menschenmassen. Die Lehrer bemerkten tatsächlich nichts von unserer Flucht und ich konnte nur hoffen, dass dies auch so bleiben würde. Auf Stress mit ihnen konnte ich nämlich wirklich gut verzichten.

»Was hast du denn vor?«, wollte ich außer Atem wissen, als wir den Times Square hinter uns gelassen hatten und in einer Seitenstraße eine kurze Verschnaufpause machten.

»Ich will dir etwas zeigen«, erwiderte er geheimnisvoll, woraufhin ich skeptisch eine Augenbraue nach oben zog. Auf einen Ausflug mit ihm war ich überhaupt nicht vorbereitet gewesen, aber ich verbrachte unglaublich gerne Zeit mit ihm und so freute ich mich insgeheim über die unerwartete Wendung des Abends.

Gabriel führte mich eine knappe Viertelstunde durch die belebte Stadt, bis wir schließlich vor dem Central Park zum Stehen kamen. Irritiert sah ich ihn an. »Und was machen wir jetzt?«

»Wir gehen in den Park«, antwortete Gabriel schmunzelnd und deutete mit seinem Kinn zu einem beleuchteten Weg, welcher in die Grünanlage führte.

Während wir den Pfad entlanggingen, musste ich unwillkürlich an Gabriels plötzliche Wesensänderung denken, und ich fragte mich noch immer, mit was Rachel ihn damals wohl erpresst hatte. Ein paarmal wollte ich ihn erneut nach dem Grund fragen, aber irgendwie war nie der richtige Zeitpunkt gekommen und auch in dieser Situation schien es mir unangebracht.

Wir liefen bis zum Central Park Lake, auf welchem zu dieser Jahreszeit natürlich keine Ruderboote zu sehen waren, und stoppten erst, als wir die Bow Bridge erreicht hatten. Ich lehnte mich gegen das kühle Steingeländer und ließ meinen Blick über das ruhende Gewässer schweifen. Durch die Beleuchtung der Brücke wirkte dieser Ort ganz anders, als es im Sommer der Fall gewesen war.

»Den Central Park muss man mindestens einmal nach Einbruch der Dunkelheit gesehen haben«, durchbrach Gabriel plötzlich die Stille. Er stand dicht neben mir und stützte sich mit beiden Händen auf dem Geländer ab, während er nachdenklich auf den See blickte.

»Es ist wirklich schön hier«, stimmte ich ihm zu, aber aus irgendeinem Grund wagte ich nicht, ihn anzusehen. »Danke, dass du mich mitgenommen hast.«

»Ich habe viel nachgedacht, Sophia«, erwiderte er und seine Stimme klang plötzlich ganz ernst.

»Hast du?«

»Permanent. Noch nicht mal beim Footballtraining konnte ich abschalten und das hat schon etwas zu bedeuten.«

»Und worüber hast du nachgedacht?«

»Über mich. Über dich. Eigentlich über alles, was in den letzten Monaten passiert ist.«

Ich war noch immer nicht in der Lage, ihn anzusehen, aber ich spürte, dass mein Herz kurz davor war, aus meinem Brustkorb zu springen. In diesem Moment gab es so viel, was ich ihm gerne gesagt hätte, allerdings kam kein Wort über meine Lippen.

Völlig unvermittelt trat Gabriel hinter mich, sodass ich seinen warmen Atem in meinem Nacken spüren konnte. Mein Körper reagierte auf die plötzliche Nähe mit einer sofort einsetzenden Gänsehaut, während mein Puls ins Unermessliche zu steigen schien.

»Unser letzter Besuch hier hatte kein schönes Ende und das ist meine Schuld«, fuhr er schließlich leise fort, während unsere Blicke noch immer auf den kleinen See gerichtet waren. »Daher dachte ich, wir brauchen ein neues.«

»Ein neues Ende?«, fragte ich nun ebenso leise und hoffte, er würde das Zittern in meiner Stimme nicht bemerken. Ich hatte keine Ahnung, was hier gerade geschah, aber meine Beine waren kurz davor nachzugeben.

»Es liegt an dir, ob es ein Ende oder ein Anfang wird«, flüsterte Gabriel zurück. Vorsichtig legte er seine Hände um meine Hüften und drehte mich langsam zu sich. Als wir uns schließlich gegenüberstanden, umschloss er mit seinen Fingern mein Kinn. Sanft hob er meinen Kopf an, sodass wir uns für einen Moment einfach nur stumm ansahen.

Eine einzelne Träne löste sich und rollte über meine Wange, während mein gesamter Körper vor Anspannung bebte. Gabriel folgte der Träne mit seinem Blick und beugte sich langsam vor, um sie mit seinem Daumen zu trocknen.

»Alles okay?«, fragte er behutsam und musterte mich eindringlich. Ich war noch immer nicht in der Lage, zu sprechen, also nickte ich nur zustimmend und er entspannte sich wieder. Ich hatte keine Ahnung, warum mir überhaupt die Tränen kamen, aber vermutlich lag es einfach nur daran, dass ich völlig überwältigt von der Situation war.

Als sich sein Gesicht langsam näherte, schloss ich automatisch die Augen und versuchte, mich zu entspannen. Sanft legte er seine Lippen auf meine, während er mit einer Hand vorsichtig meinen Nacken umschloss und mich somit noch näher an sich heranzog.

Sein Mund fühlte sich genauso perfekt an, wie er aussah. Ein leichtes Zittern durchfuhr meinen Körper und für einen kurzen Augenblick befürchtete ich, meine Knie würden endgültig nachgeben. Ihm auf diese Weise nah zu sein, fühlte sich unglaublich gut an. Ein Teil von mir hoffte insgeheim, dieser Kuss würde ewig andauern, allerdings löste sich Gabriel nach kurzer Zeit wieder von mir. Ich war derart von meinen Gefühlen überwältigt, dass ich lediglich meine Augen öffnete und ihn einfach nur ansah.

»Ich wähle den Anfang«, griff ich seine ursprüngliche Frage auf, denn plötzlich wurde mir klar, dass ich nicht länger vor meinen eigenen Gefühlen davonlaufen wollte.

32. Schmerzende Wahrheit

Gabriel und ich hatten noch einige Zeit eng umschlungen auf der Brücke gestanden, bevor wir gemeinsam zurück zum Treffpunkt gegangen waren. Glücklicherweise war niemandem unser Fehlen aufgefallen, aber ich war noch immer ziemlich aufgewühlt, denn das alles war absolutes Neuland für mich. Allerdings konnte ich mich nicht erinnern, je glücklicher gewesen zu sein. Endlich konnte ich damit aufhören, mir selbst etwas vorzuspielen.

Trotzdem, oder vielleicht auch genau deshalb, wollte ich, dass die Entwicklung zwischen uns fürs Erste *unser* Geheimnis blieb. Es fühlte sich so unglaublich intim an, und ich war noch nicht bereit, es mit anderen Menschen zu teilen. Außer natürlich mit Amy, da ich vor ihr ohnehin nichts verbergen konnte.

Gabriel erklärte sich einverstanden und so verhielten wir uns während der restlichen Klassenfahrt möglichst unauffällig, auch wenn es uns ziemlich schwerfiel. Amy hatte erwartungsgemäß völlig überdreht reagiert, uns aber selbstverständlich ihren Segen gegeben. Natürlich nicht, ohne eine Warnung an Gabriel auszusprechen: Sie würde ihn umbringen, sollte er mir das Herz brechen.

An unserem dritten Abend in New York, der uns zur freien Verfügung stand, beschlossen Amy und Lauren, an einem Karaokeabend teilzunehmen. Obwohl sie nichts unversucht ließen, um mich ebenfalls zu überzeugen, weigerte ich mich beharrlich. Stattdessen lag ich auf dem Bauch liegend in meinem Bett, den aufgeklappten Laptop vor mir und den Vorhang am Bettgestell zugezogen. Ich war gerade dabei, Informationen zu möglichen Journalismus-Studiengängen zu recherchieren, als der Vorhang vollkommen unerwartet zur Seite gezogen wurde. Überrascht blickte ich in das Gesicht von Gabriel.

»Solltest du nicht eigentlich mit deinen Freundinnen Karaoke singen?«, wollte er lachend von mir wissen.

»Damit kannst du mich jagen«, erwiderte ich nun ebenfalls lachend, während ich mich aus dem Bett erhob. »Wenn du Karaoke so reizvoll findest, frage ich mich, warum du nicht mitgegangen bist.«

»Ich schätze, ich finde dich dann doch ein wenig reizvoller, als in ein Mikrofon zu brüllen«, antwortete er leise, während er seine Hände um meine Hüften legte und mich näher zu sich zog.

»Ist das so?«, vergewisserte ich mich ebenso leise, woraufhin Gabriel vielsagend auf meinen Mund blickte. Anstelle einer Antwort legte er seine Lippen auf meine, was augenblicklich zu einem Feuerwerk in meiner Magengegend führte.

Als wir uns schließlich voneinander lösten, konnte ich nicht anders, als laut zu seufzen. Auch wenn nun alles zwischen uns geklärt schien, mussten wir es noch irgendwie unseren Eltern beibringen. Eigentlich rechnete ich nicht wirklich damit, dass meine Mom oder Robert Einwände haben würden. Schließlich waren wir nicht als Stiefgeschwister aufgewachsen. Allerdings konnte ich es nicht genau wissen und so blieb für den Moment nichts weiter, als auf ihr Einverständnis zu hoffen.

Die restliche Abschlussfahrt über schwebte ich auf rosa Wolken und am Tag der Abreise klärte ich Lauren und Jackson schließlich ebenfalls über die Neuigkeiten auf. Die beiden waren jedoch ebenso wenig überrascht, wie Amy es gewesen war. Anscheinend kannten mich meine Freunde besser als ich mich selbst.

Glücklich und vollkommen erschöpft kam ich schließlich wieder zu Hause an. Die Zeit in New York war wunderschön gewesen. Auch wenn ich meine Zuneigung zu Gabriel als Geheimnis bewahrt hatte, obwohl ich am liebsten die ganze Zeit nur mit ihm verbracht hätte. Er war nach der Ankunft ebenfalls erst mal nach Hause gefahren, aber wir hatten uns für den Abend verabredet und ich konnte es kaum erwarten, ihn endlich für mich alleine zu haben.

Eilig packte ich meinen Koffer aus und sprang anschließend unter die Dusche, um mich für mein Date mit ihm fertig zu machen. Ich entschied mich für ein schlichtes Outfit, denn wir wollten uns einen gemütlichen Abend bei mir machen. Meine Mom und Robert hatten angekündigt, den Abend außerhalb zu verbringen und nicht vor Mitternacht zurück sein zu wollen. Daher erwähnte ich ihnen gegenüber überhaupt nicht, Besuch zu erwarten. Gabriel und ich hatten besprochen, sie in den kommenden Tagen gemeinsam über die Entwicklung zwischen uns aufzuklären. Bis dahin wollten wir die Zeit in *unserer* Blase in vollen Zügen genießen.

Nachdem sie sich verabschiedet hatten, machte ich mich an die Arbeit und schaffte es, alles perfekt herzurichten. Ich war sogar ziemlich stolz auf mich, es rechtzeitig hinbekommen zu haben.

Gabriel erschien jedoch nicht zur vereinbarten Zeit, sodass ich begann, mir Sorgen zu machen. Als es endlich klingelte, rannte ich umso freudiger die Treppe hinunter, um ihn in Empfang nehmen zu können. Mit einer schnellen Bewegung öffnete ich die Tür und wollte ihn bereits ins Haus ziehen, als ich realisierte, dass jemand anderes auf meiner Veranda stand.

»Hi, Sophia«, begrüßte mich Rachel und ihre blauen Augen sahen irgendwie müde aus. Sie schien geweint zu haben. Was zur Hölle war denn jetzt los? Eigentlich war klar, dass wir uns voneinander fernhalten sollten, bis die Ermittlungen abgeschlossen waren.

»Jetzt weißt du plötzlich, wie ich heiße?«, fauchte ich ihr wütend entgegen. »Was willst du überhaupt hier? Hast du vor, mich wieder unter Drogen zu setzen?«

»Ich will, dass du endlich die Wahrheit erfährst«, antwortete sie, ohne auf meine Anspielung einzugehen.

»Bist du jetzt bereit dazu, der Polizei die Wahrheit zu erzählen? Dass du es warst, die mich betäubt hat?«

»Das werde ich«, begann sie und ihre unerwartete Antwort führte dazu, dass sich meine Augen überrascht weiteten.

»Ach ja?« Überrascht zog ich eine Augenbraue nach oben und vermutete noch immer, dass dies wieder nur eines ihrer Spielchen war.

»Ja«, entgegnete sie knapp, »aber vorher will ich dir etwas über Gabriel erzählen. Er ist nicht der, der er vorgibt zu sein.«

»O bitte, Rachel.« Genervt von ihrem weiteren Versuch, einen Keil zwischen Gabriel und mich zu treiben, wollte ich ihr die Tür vor der Nase zuschlagen. Sie verhinderte dies jedoch, indem sie einen Fuß in den Türrahmen schob.

»Ich war krankhaft in Gabriel verliebt und ich will nicht, dass du den gleichen Fehler machst«, ergriff sie erneut das Wort und der Schmerz in ihren Augen war fast greifbar. Nachdem sie den Satz ausgesprochen hatte, löste sich eine einzelne Träne, welche über ihre Wange rollte und schließlich auf ihr Oberteil tropfte.

»Hör zu, Rachel. Ich weiß nicht, was in deinem Kopf vor sich geht! Wenn du dein Verhalten wirklich bereust, geh zur

Polizei und gib endlich zu, was du getan hast. Aber lass Gabriel aus dem Spiel, klar?«

»Du denkst doch nicht wirklich, dass Gabe ernsthaftes Interesse an dir hat, oder? Sein Vater hat ihm zehntausend Dollar dafür geboten, dir für ein Jahr eine Freundschaft vorzugaukeln. Robert hatte Angst, dass dein abwehrendes Verhalten seine Beziehung zu deiner Mom gefährden könnte, deshalb hat er Gabriel diesen Geldbetrag in Aussicht gestellt. Er sollte dich sozusagen ruhigstellen, bis du aufs College gehst und somit keine Gefahr mehr für die beiden darstellst.«

»Das glaubst du doch selbst nicht, oder?«, rief ich aufgebracht. Dachte sie wirklich, ich würde ihr *das* nach all den Lügen und Intrigen abkaufen?

»Es ist wahr, aber am besten fragst du ihn einfach selbst. Als er angefangen hat, dir solch eine Aufmerksamkeit zukommen zu lassen, war ich zuerst außer mir vor Wut, aber ich konnte eine Unterhaltung zwischen Robert und Gabriel belauschen und auf diese Weise von ihrer Vereinbarung erfahren. Ich war natürlich nicht begeistert, erst recht nicht, weil er auch noch heimlich mit dir nach New York gefahren ist, aber ich habe ihm trotzdem mein Stillschweigen versprochen. Irgendwann wollte er mich dann tatsächlich verlassen und da habe ich ihm damit gedroht, sein kleines Geheimnis auffliegen zu lassen.«

Ihre Worte verfehlten ihre Wirkung nicht. Auch wenn ich ihr nicht glauben wollte, schlichen sich leise Zweifel in mein Herz. Konnte es wirklich möglich sein, dass sie die Wahrheit sprach?

War dies am Ende vielleicht der Grund, weshalb Gabriel mir nie hatte anvertrauen wollen, was Rachel gegen ihn in der Hand hatte?

»Mir war die Zeit, die ihr gemeinsam verbracht habt, ein Dorn im Auge, und daher habe ich ihn dazu gezwungen, dich zu ignorieren. Andernfalls hätte jeder von dem Pakt mit seinem Vater erfahren. Aber ich hatte trotzdem so eine Wut auf dich in mir, dass ich dir eine Lektion erteilen wollte. Ja, ich habe dir K.-o.-Tropfen verabreicht. Ich wollte weitere peinliche Fotos von dir anfertigen und dich damit vor der gesamten Schule bloßstellen. Ich dachte, dass sich Gabriel dann endlich von dir abwenden würde. Es tut mir unendlich leid und ich hoffe, du kannst mir irgendwann vergeben.«

Nachdem sie diese Worte ausgesprochen hatte, wandte sie sich sogleich ab und lief in eiligen Schritten die Treppen hinunter. Ohne sich noch einmal zu mir umzudrehen, verschwand sie in der Dunkelheit.

Apathisch schleppte ich mich zu den beiden Holzstühlen auf unserer Veranda und ließ mich langsam auf dem erstbesten nieder. Ich zog die Beine an und umschloss sie mit meinen Armen, während ich den Kopf auf meinen Knien ablegte.

Meine Gedanken kreisten unaufhörlich um die Anschuldigungen, die Rachel gegen Gabriel und seinen Vater vorgebracht hatte. Ich schloss für einen Moment die Augen und versuchte, ihre Worte zu verarbeiten.

Irgendwann spürte ich eine Hand auf meinem Rücken und als ich meine Augen öffnete, blickte ich direkt in Gabriels Gesicht. Er sah besorgt aus und war anscheinend irritiert darüber, mich auf der Veranda anzutreffen.

»Sophia? Was ist los?«, wollte er von mir wissen, während seine Hand noch immer auf meinem Rücken ruhte.

»Rachel war eben hier. Sie behauptet, du hättest dich von deinem Dad dafür bezahlen lassen, Zeit mit mir zu verbringen.« Ich beobachtete jede Regung in seinem Gesicht, in der Hoffnung, dort Anzeichen dafür zu finden, dass sie mir nur eine weitere Lüge aufgetischt hatte. Stattdessen sprach seine Mimik eine ganz andere Sprache: Er sah eindeutig schuldig aus.

»Lass es mich bitte erklären, ja?«, bestätigte er schließlich meine Vermutung, woraufhin mein Herz in tausend Teile zerbrach.

33. Die Macht der Worte

Ohne Vorwarnung sprang ich von meinem Stuhl auf, denn ich wollte seine Berührung keine Sekunde länger ertragen.

»Du fasst mich nie wieder an, ist das klar?«, zischte ich ihm entgegen und erhob drohend meinen Finger gegen ihn.

»Es ist nicht so, wie du denkst«, versuchte er, sich zu erklären, aber ich dachte überhaupt nicht daran, ihn weiter anzuhören.

»Tu doch nicht so scheinheilig! Du kannst jetzt aufhören, mir etwas vorzuspielen! Du lässt dich von deinem Vater bezahlen, um Zeit mit mir zu verbringen? Ihr beide seid erbärmlich!«, schrie ich nun völlig außer mir und an seinem Gesichtsausdruck konnte ich erkennen, dass ich ins Schwarze getroffen hatte.

»Lass es mich doch bitte erklären«, bat er erneut, aber ich war nicht gewillt, ihm auch nur eine Sekunde länger zuzuhören. Seine Lügengeschichten konnte er sich für andere Leute aufsparen.

»Verschwinde und wag es ja nicht, je wieder ein Wort mit mir zu sprechen!«, entgegnete ich um Fassung bemüht, bevor ich ihn einfach auf der Veranda stehen ließ und verzweifelt ins Haus lief. Mit einem lauten Knall schlug ich die Tür hinter mir zu und schleppte mich mit letzter Kraft ins Wohnzimmer, wo ich mich weinend auf dem Teppich zusammenkauerte.

Es dauerte nicht lange, da hörte ich, wie die Haustür aufgeschlossen und der Lichtschalter betätigt wurde. Gabriel musste seinen Dad informiert haben, anders konnte ich mir ihr vorgezogenes Heimkehren nicht erklären.

»Sophia?«, vernahm ich im nächsten Moment auch schon die besorgte Stimme meiner Mom, aber bevor ich die Kraft fand, ihr zu antworten, hatte sie mich bereits im Wohnzimmer aufgefunden. »O Gott, meine Kleine! Was ist denn nur passiert?«, rief sie hysterisch, als ich noch immer bewegungslos auf dem Teppich verweilte. So sehr ich ihr auch antworten wollte, es kam einfach kein Wort über meine Lippen.

»Es ist meine Schuld«, ertönte plötzlich die Stimme von Robert und obwohl er reumütig klang, zog sich mein Magen vor Wut zusammen. Was bildeten sich die Wrights eigentlich ein?

»Jetzt verstehe ich überhaupt nichts mehr«, entgegnete meine Mutter daraufhin nur verwirrt. In diesem Moment schaffte ich es dann doch, mich aufzusetzen, denn auf Roberts Erklärung war ich wirklich gespannt.

»Elisabeth ... als ich Sophia an dem Abend im *LeMaire* kennengelernt habe und sie so überfordert davongestürmt ist, habe ich mir Gedanken gemacht. Ich wollte, dass Gabriel sich um sie kümmert, damit wir eine Familie werden können«, begann er zögerlich und räusperte sich kurz, bevor er fortfuhr. »Dann habe ich den Fehler gemacht und Gabriel einen Geldbetrag angeboten, wenn er sich für das letzte Schuljahr mit ihr anfreundet. Ich wollte wirklich nur, dass alles perfekt funktioniert, und –«

»Du hast deinen Sohn bezahlt, um meiner Tochter eine Freundschaft vorzuspielen?«, wiederholte meine Mom fassungslos seine Worte. Sie konnte anscheinend nicht glauben, was sie gerade gehört hatte.

»Ich weiß, wie sich das anhört, und ich würde es rückgängig machen, wenn ich könnte«, erklärte er kleinlaut aber in diesem Moment hatte sich meine Mutter auch schon erhoben.

»Raus!«, schrie sie nun ebenfalls völlig außer sich, während sie in Richtung der Haustür zeigte und Robert wütend anfunkelte. »Du verschwindest auf der Stelle aus diesem Haus!«

Robert versuchte gar nicht erst, sich gegen ihre Anweisung zu widersetzen. Mit gesenkten Schultern wandte er sich zum Gehen, bevor er sich noch einmal zu mir umdrehte. »Es tut mir so leid, Sophia. Ich hoffe, du kannst mir irgendwann verzeihen, und auch wenn du mir vermutlich nicht glaubst, kann ich dir versichern, dass Gabriels Gefühle aufrichtig sind.«

Meine Mom und ich verbrachten die halbe Nacht heulend auf dem Sofa, während wir unseren Kummer mit einer XXL-Packung Eiscreme betäubten. Auch wenn die Situation absolut schrecklich war, fühlte ich mich ihr so nah, wie schon lange nicht mehr. Ich erzählte ihr alles, was vorgefallen war, und entschied mich, sie auch über die Entwicklung zwischen uns in New York aufzuklären.

»Er hat es wirklich geschafft, dass ich mich in ihn verliebe«, schluchzte ich anschließend und vergrub meinen Kopf an ihrer Schulter. Es auszusprechen, brach mir erneut das Herz, aber ich konnte es nicht ändern. So war es nun einmal.

»Die Liebe lässt sich nicht steuern. Du darfst dir nicht vorwerfen, Gefühle für ihn entwickelt zu haben. Wie hättest du auch ahnen sollen, dass er nicht aufrichtig zu dir ist? Ich hatte bei Robert doch ebenfalls keine Ahnung«, antwortete sie leise, während sie mir liebevoll durch die Haare strich. Ihr Herz war ebenso gebrochen wie meins. Vielleicht sogar noch ein wenig mehr, denn immerhin hatte sie vorgehabt, Robert zu heiraten.

Irgendwann mussten wir beide wohl eingeschlafen sein. Erst als die Sonne durch das Wohnzimmerfenster schien, kam ich wieder zu mir und stellte fest, dass Mom mir in der Nacht meine Decke aus dem Obergeschoss geholt hatte, um mich mit ebendieser zuzudecken. Sie hingegen schlief noch immer tief und fest, weshalb ich möglichst geräuschlos aufstand, um mein Handy aus meinem Zimmer holen zu können. Seit den Vorkommnissen des letzten Abends hatte ich nicht mehr auf mein Telefon geschaut und ich wollte dringend mit meiner besten Freundin sprechen.

Leise schlich ich ins Obergeschoss und nahm mein Handy von dem kleinen Nachttisch, bevor ich mich rückwärts auf mein Bett fallen ließ. Mit einer schnellen Bewegung entsperrte ich den Bildschirm und stellte vollkommen irritiert fest, über zweihundert Benachrichtigungen bei Instagram zu haben.

Verwirrt setzte ich mich in meinem Bett auf und öffnete die App. Gabriel hatte ein Video veröffentlicht und zahlreiche Leute hatten mich bereits darunter verlinkt. Angespannt drückte ich auf Play und bekam Folgendes zu sehen: Gabriel saß in seinem Wagen, als er das Video aufgenommen hatte. Erschöpft blickte er in die Kamera, bevor er zu sprechen begann.

»Hey, mein Name ist Gabriel Wright und ich bin ein riesiges Arschloch. Ich habe das wunderbarste, ehrlichste Mädchen kennengelernt, das ihr euch vorstellen könnt, aber ich war zu Beginn zu dämlich, um es zu erkennen. Ich habe mir ihr Vertrauen erschlichen, weil ich geldgeil war und mir mein Vater zehntausend Dollar dafür geboten hat, mich für ein Jahr mit ihr anzufreunden.

Ihr fragt euch warum? Weil wir Wrights verkorkst sind!

Als ich mehr Zeit mit ihr verbracht habe, habe ich ziemlich schnell erkannt, wie scheiße mein Verhalten ist und dass sie so etwas nicht verdient hat. Also habe ich meinem Dad mitgeteilt, dass ich das Geld verzichte. Er war sehr erleichtert über diese Entscheidung, da es ihm mit unserer Vereinbarung ebenfalls ziemlich schlecht ging. Wir spendeten die gesamte Summe sofort an eine gemeinnützige Organisation und vereinbarten, nie wieder ein Wort darüber zu verlieren.

Dies liegt jetzt bereits einige Monate zurück und trotzdem war das der absolut falsche Weg. Wir hätten ehrlich sein müssen, anstatt zu versuchen, es zu vertuschen ... Aber jetzt ist es zu spät, denn das Mädchen hat über Umwege alles erfahren und wird nie wieder ein Wort mit mir sprechen.« Er schluckte schwer und wandte kurz seinen Blick ab, bevor sein Gesicht wieder vor der Kamera erschien.

»Sophia Turner, du bist der tollste Mensch, dem ich jemals begegnet bin, und auch wenn jetzt alles verloren ist, will ich, dass du eines weißt: Meine Gefühle sind echt und ich war noch nie in meinem Leben so verliebt wie in dich!«

34. Einmal Arschloch … Immer Arschloch?

Obwohl mich Gabriels Worte berührten, fühlte ich mich nicht sofort bereit dazu, ein persönliches Gespräch mit ihm zu führen. Stattdessen veranlasste ich ein Krisentreffen mit Amy, Lauren und Jackson.

Gemeinsam kamen wir am Ufer des James River zusammen. Es gab eine Stelle ein Stück flussabwärts der Fußgängerbrücke, wo einige Felsen das Flussufer säumten. Früher hatten wir uns öfter dort getroffen und uns über Zukunftspläne, Bücher oder – wenn es nach Jackson gegangen war – über die neusten Computerspiele ausgetauscht. Aufgrund der Vorkommnisse der letzten Zeit waren diese Treffen eingeschlafen, weshalb ich es umso passender fand, mein dringend benötigtes Krisengespräch an diesem Ort zu führen.

Als ich die Stelle erreichte, saßen meine Freunde bereits auf den Felsen verteilt. Sobald sie mich erblickten, erhoben sie sich und kamen direkt auf mich zu.

»Hey! Wir sind für dich da!«, rief Amy mitfühlend. Sie hatte mich als Erste erreicht und schlang sofort ihre Arme um mich. Ich war noch immer ziemlich aufgewühlt, weshalb mir sogleich die Tränen kamen.

Auch Lauren und Jackson traten daraufhin an mich heran, um sich in die Umarmung einzuklinken. Ihre Fürsorge führte dazu, dass ich mich auf der Stelle ein wenig besser fühlte.

»So, jetzt aber genug mit Gruppenkuscheln«, scherzte Amy nach einer Weile, bevor wir langsam die Umarmung lösten. Sie deutete in Richtung der Steine. »Wir sollten uns erst mal hinsetzen und dann können wir in Ruhe über alles sprechen, oder was meinst du?«

Ich nickte nur stumm und folgte meinen Freunden zum Flussufer, wo ich mich vorsichtig auf einen der zahlreichen unebenen Steine sinken ließ. Das gleichmäßige Rauschen des Wassers beruhigte mich fast augenblicklich.

»Was genau ist denn überhaupt passiert?«, wollte Lauren von mir wissen, als sie ebenfalls Platz genommen hatte.

Alle Augenpaare waren auf mich gerichtet, während ich ihnen detailliert von Rachels Besuch und der anschließenden Konfrontation mit Gabriel erzählte. Natürlich hatten sie sein Video ebenfalls gesehen, aber ich musste es in meinen eigenen Worten erklären, damit sie auch die gesamte Tragweite begriffen.

»Wow. Er ist und bleibt ein Arsch. Ich finde –«, fand Amy als erste ihre Sprache wieder. Allerdings stieß ihr Lauren daraufhin sofort ihren Ellenbogen in die Seite, woraufhin sie ergeben ihre Hände hob und sich ihre restliche Schimpftirade verkniff.

»Also ich denke nicht, dass er dich verarscht hat. Natürlich ist die ganze Aktion von ihm und seinem Dad absolut beschissen, aber macht nicht jeder Fehler? Er hätte sich doch niemals freiwillig so bloßgestellt, wenn er nichts für dich empfinden würde, oder?« Lauren blickte verstohlen über den Rand ihrer Brille in Amys Richtung, nachdem sie ihre Meinung ausgesprochen hatte. Wahrscheinlich rechnete sie insgeheim damit, von ihr für ihre Ansprache angefahren zu werden, aber Amy blieb still.

Stattdessen ergriff Jackson nun ebenfalls das Wort. »Ich sehe es ähnlich wie Lauren. Er hat Scheiße gebaut und auf jeden Fall solltest du ihm nicht ohne Weiteres verzeihen, aber wenn du weiterhin Gefühle für ihn hast, könntest du ihn wenigstens anhören.«

Natürlich hatte ich Gefühle für ihn. Diese verschwanden ja nicht einfach über Nacht – selbst wenn man es sich sehnlichst wünschte. Allerdings wusste ich nicht, ob ich wirklich in der Lage sein würde, ihm wieder zu vertrauen.

»Möchtest du denn eine Aussprache mit ihm?«, hakte Amy vorsichtig nach. Sie schien sich mittlerweile ein wenig beruhigt zu haben und bemühte sich um einen neutralen Tonfall.

»Ich weiß nicht«, gab ich ehrlich zu. »Einerseits will ich mir anhören, was er zu sagen hat, aber andererseits fühle ich mich so hintergangen, dass ich nicht sicher bin, ob es überhaupt sinnvoll wäre.«

»Du solltest auf dein Herz hören.« Lauren griff nach meiner Hand und legte sie behutsam auf die Stelle meines Brustkorbs, wo ich meinen eigenen Herzschlag ganz deutlich spüren konnte. Einen Moment verweilten wir in dieser Position, während Lauren noch immer ihre Hand auf die meine drückte. Dann löste Lauren ihren Griff und lehnte sich entspannt zurück.

Dies war wohl der Moment, in dem ich beschloss, ihm eine Chance zu geben, sein Handeln zu erklären.

Obwohl ich während des Zusammentreffens mit meinen Freunden einen Entschluss gefasst hatte, wollte ich meine Entscheidung erst mit meiner Mom besprechen. Immerhin war sie mit ihrer Beziehung zu Robert ebenso involviert.

Als ich zu Hause eintraf, war sie gerade dabei, einen Großputz durchzuführen. Dies war ihre Art des Stressabbaus, was ich schon von der damaligen Trennung von meinem Vater kannte. Sie hatte alle Möbel im Wohnzimmer beiseitegeschoben und schrubbte wie besessen über die Fliesen, während sie sich in voller Lautstärke von Liedern der Achtzigerjahre beschallen ließ. Aufgrund der Umgebungsgeräusche hatte sie überhaupt nicht mitbekommen, dass ich im Türrahmen stand und sie beobachtete. Wären die Umstände nicht so traurig gewesen, wäre ich wahrscheinlich in lautstarkes Gelächter ausgebrochen.

Zielstrebig trat ich an die Stereoanlage und regulierte die Lautstärke herunter, woraufhin sich meine Mutter erschrocken zu mir umdrehte.

»Musst du dich so anschleichen?«, brachte sie perplex hervor, woraufhin ich dann doch schmunzeln musste.

»Bei der Lautstärke könnte unser ganzes Haus leer geräumt werden und du würdest nichts bemerken«, erwiderte ich daraufhin unschuldig. »Kann ich kurz mit dir reden?«

Augenblicklich ließ meine Mom den Wischer fallen, um sich mit mir auf der Couch niederzulassen. Ihre Augen waren vom vielen Weinen ganz aufgequollen.

Natürlich hatte ich ihr gleich am Morgen das Video von Gabriel vorgespielt, weshalb ich es nun nicht noch einmal vorführen wollte. Sie konnte sich auch so denken, über was ich mit ihr sprechen wollte.

»Ich bin verdammt enttäuscht von Gabriel und Robert«, begann ich das Gespräch vorsichtig, »aber meinst du nicht, wir sollten ihnen zumindest die Chance auf ein klärendes Gespräch geben?«

»Oh, Sophia«, seufzte sie traurig, bevor sie nach meiner Hand griff, »ich weiß wirklich nicht, ob ich dazu schon in der Lage bin. Manchmal ist es besser, Angelegenheiten ein paar Tage ruhen zu lassen. Robert hat mir auch schon etliche Nachrichten geschickt, aber ich kann einfach nicht fassen, dass er uns so hintergangen hat.«

»Ich wollte mich auch nicht heute mit ihnen treffen. Dafür ist alles noch zu frisch«, stimmte ich ihr daraufhin zu. »Allerdings denke ich, dass ich mich in den nächsten Tagen mit Gabriel verabreden werde. Ich muss einfach seine Sicht der Dinge hören.«

»Das verstehe ich. Danke, dass du so offen zu mir bist. Ich bin unglaublich stolz auf dich«, erwiderte meine Mom. Sie hauchte mir einen Kuss auf den Haaransatz, bevor sie mich eindringlich musterte. »Du musst deine Entscheidung nicht von mir abhängig machen. Wenn du Gabriel anhören willst, kannst du das jederzeit machen. Auch dann, wenn ich noch nicht für ein Gespräch mit Robert bereit bin.«

Zwei Tage später war es dann so weit: Ich hatte Gabriel zu mir eingeladen.

Mein Herz schlug mir bis zum Hals, als die Klingel ertönte, aber ich bemühte mich, möglichst souverän die Tür zu öffnen.

»Hey«, begrüßte er mich leise. Er sah ohne Frage müde aus, aber das traf wohl ebenso auf mich zu.

»Komm rein«, erwiderte ich sachlich und bedeutete ihm mit einer Geste, mir ins Wohnzimmer zu folgen. Meine Mom war nicht zu Hause, weshalb ich für die Aussprache einen neutraleren Ort als mein Zimmer als passender empfand.

Während Gabriel an dem einen Ende der Couch Platz nahm, ließ ich mich an dem anderen Ende nieder. Ein paar Sekunden sagte niemand etwas, bis er schließlich zögerlich das Wort ergriff.

»Es tut mir unendlich leid, Sophia.«

»Ich verstehe einfach nicht, wieso du dich auf das Angebot deines Vaters eingelassen hast«, gab ich traurig zurück, während ich gegen die aufsteigenden Tränen ankämpfte. Obwohl ich versucht hatte, mich mental auf seine Anwesenheit vorzubereiten, stand ich vollkommen neben mir.

»Als du an dem Abend im *LeMaire* so abgerauscht bist, ist deine Mom dir hinterhergelaufen, um dich zu suchen. Mein

Dad war vollkommen außer sich, weil er befürchtete, dass die Hochzeit in Gefahr sein könnte«, begann er schließlich zögerlich, den Blick stur geradeaus gerichtet. »Ich bin dann auch aufgestanden, um das Lokal zu verlassen, aber mein Dad hat mich zurückgehalten und meinte, du würdest wahrscheinlich nur etwas Zuneigung brauchen, um aufzutauen.«

Ich saß einfach nur stumm da und saugte jedes seiner Worte in mich auf. Er sollte weiterreden, wie ich ihm mit einem Nicken zu verstehen gab.

»Es gab einen Wortwechsel zwischen uns, bis er schließlich meinte, dass er mir zehntausend Dollar zahlen würde, wenn ich mich mit dir anfreunde«, fuhr er stockend fort. Es fiel ihm offensichtlich schwer, die Tatsachen auszusprechen, aber das war er mir schuldig. Ich verdiente die Wahrheit.

»Offensichtlich war ich verkorkst genug, dieses miese Angebot anzunehmen, und habe sofort angefangen, Dinge über dich herauszufinden. Es hat nicht lange gedauert, bis ich in Erfahrung gebracht hatte, dass du an der Journalismus-AG teilnimmst und auf ein Empfehlungsschreiben hoffst. Da wusste ich, dass dies der Punkt war, an dem ich anknüpfen musste, um zu dir durchzudringen.«

Nun konnte ich die Tränen nicht mehr zurückhalten und ließ zu, dass sie über meine Wangen auf mein Shirt tropften, wo sie dunkle Flecken hinterließen.

»Das ist so armselig«, brachte ich schluchzend hervor, versuchte jedoch durch gezieltes Ein- und Ausatmen meine Fassung wiederzuerlangen.

»Denkst du, das weiß ich nicht?«, antwortete er daraufhin verzweifelt. Tiefe Furchen zeichneten seine Stirn, während sein Blick ins Leere zu gehen schien. Offensichtlich vermied er es, mich anzusehen.

»Red weiter«, wies ich ihn schließlich an, denn es brachte uns nicht voran, wenn ich ihn mit Vorwürfen bombardierte. Dafür würde auch noch Zeit sein, sobald er seinen Teil der Geschichte erzählt hatte.

»Wie du weißt, habe ich es geschafft, in eurer Journalismus-AG aufgenommen zu werden. Rachel war ziemlich sauer, weil sie mitbekommen hat, dass ich deine Nähe gesucht habe, und ist langsam misstrauisch geworden. Als ich dann mit dir nach New York gefahren bin, ist mir plötzlich klar geworden, was für eine abgefuckte Scheiße ich eigentlich abziehe. Du warst so nett und hattest dieses Verhalten nicht verdient.

Als wir wieder in Richmond waren, habe ich meinem Dad sofort mitgeteilt, dass ich aus dem Deal aussteige. Er schien unseren Pakt ebenfalls zu bereuen, weshalb wir die gesamte Summe sofort gespendet haben. Anschließend wollten wir nie wieder ein Wort darüber verlieren und haben tatsächlich geglaubt, dass wir damit durchkommen. Allerdings hat Rachel irgendwann alles herausgefunden und ihr Wissen genutzt, um mich zu erpressen. Ich wollte sie mehr als einmal verlassen, aber sie hat damit gedroht, alles auffliegen zu lassen. Natürlich hat sie ziemlich schnell gecheckt, dass ich dich wirklich mag, weshalb sie dann mit ihrem persönlichen Rachefeldzug gegen dich begonnen hat. Alles, was ich sagen kann, ist, dass es mir unendlich leidtut. Ohne mich hättest du all das nicht durchmachen müssen und ich verstehe, wenn du nie wieder etwas mit mir zu tun haben willst.«

Ich benötigte einen Moment, um seine Worte in meinem Kopf nachhallen zu lassen. Ich konnte seine Reue mit jeder Faser meines Körpers spüren, aber wusste noch immer nicht, ob ich ihm wirklich vergeben würde.

»Nachdem Rachel bei mir war und alles gestanden hat, ist sie zur Polizei gegangen und hat dort ebenfalls alles zu Protokoll gegeben. Anscheinend hat sie doch den Anflug eines Gewissens.«

Er sah überrascht auf, als er von mir über die neusten Entwicklungen informiert wurde. »Dann wird sie hoffentlich zeitnah ihre gerechte Strafe bekommen.«

»Davon gehe ich aus«, erwiderte ich seufzend. Mit einer einfachen Entschuldigung war ihr Angriff auf mich schließlich nicht wiedergutzumachen.

»Kann ich irgendetwas tun?« Nun sah er mir direkt in die Augen, und obwohl ich dagegen ankämpfte, verspürte ich ein leichtes Kribbeln in meiner Magengegend. Scheiße, warum fiel mir mein eigener Körper derart in den Rücken?

»Ich wollte mit dir persönlich sprechen, aber ich werde noch ein wenig Zeit benötigen, bis ich sagen kann, ob und wie es für uns weitergeht«, erklärte ich schließlich, woraufhin Gabriel verständnisvoll nickte.

»Ich sollte dann wohl mal wieder …«, erwiderte er leise und deutete mit seinem Kinn in Richtung Tür. Anschließend erhob er sich und bedachte mich mit einem letzten reumütigen Blick, bevor er das Wohnzimmer durchquerte.

»Ich hasse dich nicht«, ließ ich ihn wissen, woraufhin er kurz in seiner Bewegung stoppte und mich erneut ansah. Zum ersten Mal seit den Vorkommnissen erschien ein leichtes Lächeln auf seinen Lippen.

Epilog

Zu Beginn des letzten Jahres an der Highschool war ich damit beschäftigt gewesen, möglichst unauffällig durchs Leben zu gehen, und nicht im Traum hätte ich daran gedacht, dass sich meine Welt innerhalb dieser zwölf Monate vollständig verändern würde. Durch all die Ereignisse hatte ich jedoch viel über mich selbst lernen können und war zu dem Entschluss gelangt, dass es sich lohnte, auch mal aus der eigenen Komfortzone auszubrechen und über seinen Schatten zu springen. Natürlich machte man sich dadurch angreifbar, aber gleichzeitig boten sich einem so viele neue Möglichkeiten, die zu ergreifen es sich lohnte.

Glücklicherweise war seit jenem verheißungsvollen Tag im November bereits einige Zeit verstrichen und ich erinnerte mich zugegebenermaßen nicht gerne an den Moment, in dem meine Welt für eine kurze Zeit vollkommen zerbrochen geschienen hatte.

Meine Freundschaft zu Amy, Lauren und Jackson hatte einen großen Anteil daran, dass mein Herz in der Lage gewesen war zu heilen. Natürlich hatten all die Vorkommnisse auch Auswirkungen auf Gabriel gehabt.

Sein Video war damals innerhalb weniger Stunden viral gegangen und die Tatsache, dass er sich öffentlich an mich gewandt hatte, um sich zu entschuldigen, hatte seine Wirkung nicht verfehlt. Die zahlreichen Kommentare unter seiner Videobotschaft hatten mich geradezu angefleht, ihm noch eine Chance zu geben, aber nach unserer ersten Aussprache hatte ich trotzdem noch Zeit benötigt. Ich war immer noch verletzt, aber die Tatsache, dass er die Geldsumme nachweislich kurz nach unserer ersten Reise nach New York gespendet hatte, zeigte mir, dass er es dieses Mal wirklich ernst meinte.

Nach reiflicher Überlegung entschied ich mich schließlich dazu, ihn wieder in mein Leben zu lassen. Allerdings machte ich ihm im Vorfeld deutlich, dass unsere Beziehung vorerst platonischer Art sein würde. Mein Herz brauchte nach den ganzen Strapazen eine Auszeit und glücklicherweise sicherte mir Gabriel alle Zeit der Welt zu. Das war auch das Mindeste, was ich von ihm erwartete.

Meiner Mom hingegen fiel es deutlich schwerer, Robert sein Handeln zu verzeihen. Erst als ich ihr mehrfach versichert hatte, mit einer Versöhnung vollkommen einverstanden zu sein, hob sie die Kontaktsperre zu ihm auf. Es dauerte zwar einige Zeit, bis sich die beiden wieder zusammengerauft hatten, aber sie fanden tatsächlich wieder zueinander.

Robert ließ ebenfalls nichts unversucht, um mir zu zeigen, wie viel ihm an unserer Familie lag. Ihm war bewusst, was für einen riesigen Fehler er begangen hatte, und ich schaffte es schließlich, ihm ebenfalls zu vergeben. Er war zwar der Initiator der ganzen Geschichte gewesen, aber in seinem Inneren war er trotzdem ein guter Mensch.

Als es an der Zeit war, die Collegebewerbungen zu verschicken, ermutigte mich meine Mom, es auch an den großen Universitäten zu versuchen, und obwohl ich nicht wirklich daran glaubte, einen der Plätze zu erhalten, folgte ich ihrem Ratschlag. Durch das Empfehlungsschreiben kam es dann tatsächlich dazu, dass ich nach der Bewerbungsphase die Zusage für gleich zwei Studienplätze in den Händen hielt.

Trotz des Stipendiums war allerdings ein nicht zu unterschätzender Eigenanteil zu leisten. Meine Eltern sicherten mir jegliche finanzielle Unterstützung zu und waren zuversichtlich, die verbleibenden Kosten tragen zu können. Unabhängig davon nahm ich mir vor, mir neben dem Studium einen Job zu suchen, weshalb ich mich dann auch tatsächlich an der New York University einschrieb, um dort Kommunikation und Journalismus zu studieren.

Gabriel wurde für sein sportliches Engagement entlohnt und schaffte es, eines der begehrten Sportstipendien zu erhalten. Er hatte letztendlich die Wahl und entschied sich, nach Yale zu gehen, was für uns bedeutete, dass wir uns vorerst nur an den Wochenenden würden sehen können. Amy und Lauren erhielten jeweils einen Studienplatz am Boston College, wo beide Amerikanische Literatur studieren würden. Jackson schrieb sich bei der University of Southern Indiana ein, um dort Informatik zu studieren.

Auch wenn meine Freunde und ich in Zukunft an verschiedenen Orten leben würden, wusste ich, dass unsere Freundschaft nicht daran zerbrechen konnte, und bis zum Studienbeginn lagen immerhin noch einige Monate Highschool vor uns.

Rachel wurde aufgrund ihres Angriffs auf mich zu zweihundert Sozialstunden und einer Spende für gemeinnützige Zwecke verurteilt. Glücklicherweise musste ich nicht persönlich vor Gericht erscheinen, da sie ein vollumfassendes Geständnis abgelegt hatte. Ihre Eltern kamen nach dem Geständnis ihrer Tochter auf mich und meine Mom zu, um sich ebenfalls für das Verhalten ihrer Tochter zu entschuldigen. Sie wurde für den Rest des Schuljahres auf ein Internat in North Carolina geschickt und anscheinend hatte sie vor, anschließend an der Stanford University zu studieren. So schnell würden wir sie also nicht wiedersehen, was ich jedoch in keiner Weise bedauerte.

Ein paar Monate später

Als schließlich der Tag des Abschlussballs gekommen war, war ich glücklich darüber, dass Gabriel und ich andere Pläne für den Abend geschmiedet hatten. Sicherlich hätte ich mich erneut in ein unbequemes Kleid quetschen und mich ganz traditionell zur Wahl für die Ballkönigin aufstellen lassen können, was allerdings vollkommen entgegen meiner Natur gewesen wäre.

Aufgrund unserer Vorgeschichte hätten die Chancen wahrscheinlich gar nicht mal so schlecht gestanden, denn die Schüler der Highschool liebten Dramen. Natürlich kursierte Gabriels emotionales Video noch immer im Netz und es war bereits im Vorfeld darüber spekuliert worden, dass wir das Paar des Abends werden würden. Was die anderen jedoch nicht wussten: Wir hatten überhaupt nicht vor, zum Abschlussball zu gehen. Stattdessen verbrachten wir einen gemütlichen Abend bei mir zu Hause und bestellten uns Pizza beim Lieferdienst.

Nachdem wir die Pizzen verspeist hatten, schmiss Gabriel die Kartons von meinem Bett und zog mich sofort an seine Brust. Liebevoll strich er mir über die Haare, bis ich meinen Kopf anhob und ihn ansah. Mein Herz explodierte fast vor Glück und ich krabbelte zu ihm hinauf, um meine Lippen auf seine zu legen. Voller Leidenschaft erwiderte er meinen Kuss und schlang seine Arme mit solch einer Intensität um mich, als würde er mich nie wieder gehen lassen wollen.

Seit mittlerweile zwei Monaten waren wir nun ganz offiziell zusammen, aber es fühlte sich bereits an wie eine halbe Ewigkeit. Zwischen uns herrschte eine unglaubliche Vertrautheit und manchmal konnte ich mein Glück selbst nicht ganz fassen.

Hätte mir jemand vor einem Jahr erzählt, dass Gabriel Wright irgendwann einmal *mein* fester Freund sein würde, hätte ich ihm wahrscheinlich einen Vogel gezeigt. Aber in der Gegenwart konnte ich mir nichts Besseres vorstellen, als mit ihm zusammen zu sein. Ich war einfach unglaublich glücklich.

»Danke«, wandte ich mich an ihn, nachdem wir uns voneinander gelöst hatten. Ich kuschelte mich neben ihn und verschränkte unsere Finger ineinander, während ich mich eng an ihn schmiegte.

»Wofür bedankst du dich?«, wollte er verwundert von mir wissen. Er drehte seinen Kopf zu mir und sah mich fragend an.

»Dafür, dass du wegen mir auf den Abschlussball verzichtet hast.«

»Warum sollte ich nicht darauf verzichten? Immerhin habe ich hier die Möglichkeit, mit dir rumzumachen«, gab er albern zurück und ich knuffte ihn daraufhin mit gespielter Empörung in die Seite, bevor wir gemeinsam über seine Bemerkung lachten.

»Du bist ein Idiot«, kicherte ich und rollte mich wieder auf den Rücken, um die Leuchtsterne an der Decke anzusehen. Sie erinnerten mich an all die Emotionen, die ich im letzten Jahr durchgestanden hatte.

»Das kann ich nicht leugnen«, stimmte Gabriel mir zu, bevor er sich zu mir drehte und ergänzte: »Solange ich *dein* Idiot bin, kann ich damit gut leben.«

»Ich liebe dich«, flüsterte ich leise und kuschelte mich erneut in seine starken Arme. Er roch unglaublich gut und am liebsten hätte ich die Zeit angehalten, um ewig in diesem Moment verweilen zu können.

»Ich liebe dich mehr«, kam es von ihm voller Wärme zurück, während er seine Hand zärtlich über meinen Rücken streichen ließ.

Obwohl niemand wissen konnte, was die Zukunft bringen würde, war ich mir in diesem Moment einer Sache ganz sicher: Sie würde absolut großartig werden.

Danksagung

Zuerst möchte ich mich bei meinen Lesern und Leserinnen bedanken. Es bedeutet mir sehr viel, dass ihr euch von meinen Worten berühren lasst.

Außerdem bedanke ich mich bei meiner Familie, die immer an meine Ideen glaubt und mich ermutigt, diese umzusetzen.

Dann danke ich natürlich Wattpad und dem Piper Verlag, dass sie Vertrauen in mich und meine Geschichte gesetzt haben. Die Zusammenarbeit war wirklich toll und ich hätte mir nichts Besseres für mein Debüt wünschen können.

Ein zusätzlicher Dank geht an meine Lektorin raus, die mir dabei geholfen hat, der Geschichte den nötigen Feinschliff zu verpassen.

Außerdem danke ich jedem, der mich auf meinem Weg begleitet hat. Ihr dürft euch ruhig angesprochen fühlen! Ohne euch wäre all das nicht möglich gewesen.